Un enfant

Patrick Poivre d'Arvor

Un enfant

ROMAN

Albin Michel

© Éditions Albin Michel S.A., 2001
22, rue Huyghens, 75014 Paris

www.albin-michel.fr

ISBN 2-226-12608-2

A Olivier, mon jumeau.

« Le grand objet de la vie est la sensation. Sentir que nous existons, fût-ce dans la douleur. C'est ce "vide important" qui nous pousse au jeu – à la guerre, au voyage –, à des actions quelconques mais fortement senties, et dont le charme principal est l'agitation qui en est inséparable. »

LORD BYRON, 1811.

Dehors, Paris était surexcité. La ville n'arrivait pas à nettoyer ses artères. Son sang coulait par flux, comme la circulation.

Derrière la vitre, Barbara regardait d'un air absent cette agitation qui la concernait désormais si peu. Il n'y avait plus de vie en elle...

– Ça ne va pas, mademoiselle ?

Barbara était devenue blême. Elle s'accoudait sur le comptoir qui la séparait de la jeune laborantine, prévenante, gênée : que faire de ces analyses à demi déchirées par sa célèbre cliente ? L'employée la conduisit avec ménagement à la caisse, lui glissa ses résultats dans la main et la salua respectueusement. Elle avait pour elle une grande admiration. Sa collègue chargée des encaissements n'eut pas les mêmes attentions ; elle demanda un peu fort un autographe que Barbara Pozzi griffonna dans un semi-coma.

Son regard restait fixé sur l'avenue embouteillée, victime d'une nouvelle thrombose. Elle en avait peur soudainement et ne se résignait pas à quitter le laboratoire.

Seule une contractuelle la décida. Elle s'affairait déjà autour de sa Golf garée en double file. Barbara se précipita vers elle et l'insulta dans l'argot qu'elle avait appris pendant son enfance à Rome. L'autre restait interdite.

— Mais je vous ai encore vue à la télé hier ! Pourquoi me parlez-vous en italien ?

— Parce que j'en ai assez, mademoiselle ! Parce que tout va mal depuis ce matin !

— Ne vous en faites pas, madame Pozzi. Vous n'aurez pas de PV cette fois. Mais signez-moi sur mon carnet un autographe pour mon mari qui vous aime bien. Je crois qu'il est un peu amoureux de vous et ça m'agace parfois. Mais, vous le voyez, je ne suis pas rancunière !

Barbara lui répondit d'un pâle sourire et s'exécuta. Il lui semblait que son statut lui interdisait la moindre émotion, la plus petite défaillance. Transformée en femme sandwich, en icône électroménagère, il lui fallait offrir un visage égal, un rictus imbécile qui la défigurait et déteignait sur son âme. Tout en elle se devait d'être lisse, offert à tous.

Rarement davantage qu'en cet instant elle n'eut à ce point conscience de ce double jeu. Elle voulait arracher le masque qui lui collait à la peau, redevenir anonyme, pleurer un bon coup comme tout le monde, souffrir, aimer, jouir, crier, sans devenir pour autant objet de tous les regards. Regarder comme avant, voilà ce qui lui manquait. Un journaliste c'est fait pour observer, pour « mater », disait-elle, et c'est elle qu'on matait à présent. Elle détournait donc les yeux, avait appris à ne regarder que le bout de ses chaussures ou très haut, au-delà de l'horizon, suffisamment loin pour ne pas croiser les regards des passants fascinés par la plus célèbre téléreporter d'Europe.

Il faut dire qu'à trente-neuf ans Barbara Pozzi n'avait jamais été aussi belle. Peau mate, souvent dorée, cheveux noirs mi-longs, yeux verts – venus probablement d'une mère qu'elle n'avait jamais connue –, carrure athlétique, un mètre soixante-dix-huit qui donnait bien des complexes à la gent masculine, et surtout un magnétisme qui aimantait tous ses interlocuteurs, la vedette de Canal Première ne pouvait pas passer inaperçue. Partout, elle attisait le regard des hommes. La plupart rêvaient de la posséder, aucun n'osait le lui avouer. D'où ces lourds ballets de mâles bien peu sûrs d'eux devant l'obstacle, ces allusions hypocrites, ces regards insistants et vulgaires.

D'où lui venait cette aura qui lui manquait tant à l'adolescence lorsqu'elle se jugeait boulotte ? Sans doute de sa silhouette entretenue chaque matin au cyclorameur, de sa démarche de mannequin qui défile sans se soucier des désirs inavoués dans la pénombre au pied des podiums, mais aussi plus sûrement de cet étrange alliage de singularité, d'« anormalité », qui crée le charme de la notoriété, en laissant flotter derrière elle le musc du pouvoir, de la puissance et de la gloire. Riche et célèbre, mendiants et orgueilleux, amour et jalousie...

Mais ce matin-là lorsque, après la contractuelle, un retraité et une femme enceinte vinrent à elle pour lui demander la même faveur, au risque de provoquer un attroupement, Barbara, lasse de cette comédie dérisoire, se fit cassante et invoqua un retard pour refuser de signer les feuilles de papier. Elle referma la portière de sa voiture en entendant le solliciteur bougonner :

– Se croient tout permis, ces stars...

Une seconde, elle eut envie de se redresser, de toiser l'impudent, jusqu'alors si mielleux pour obtenir son autographe. Elle se reprit à temps. Pas bon pour l'image, se raisonna-t-elle. Elle démarra sur les chapeaux de roues et s'arrêta cent mètres plus loin, devant un café.

C'était vraiment une sale journée.

Elle avait commandé un double espresso. Ses yeux dérivaient dans le vide, sans but, sans espoir. Déjà, elle se sentait à nouveau observée. Ce sont ses épaules qui le lui disaient. Elle devinait bien que, derrière elle, des regards la jaugeaient. Des murmures montaient. On devait évoquer son interview tumultueuse de Bill Gates, la semaine précédente, quand, sommé de justifier une nouvelle fois ses revenus, le milliardaire avait fini par se lever et par déserter le studio. La caméra s'était lourdement attardée sur le siège vide. Elle disait assez la fuite, la faute, la honte. On n'avait pas l'habitude en France de ces questionnements musclés, sans concessions. Des téléspectateurs s'en agaçaient – on prend souvent le parti de l'agressé –, mais ces interviews faisaient parler d'elle. On les suivait avec un mélange de fascination et de répulsion, dans le secret espoir de voir l'interlocuteur trébucher, mais aussi la journaliste, cette belle plante qui ne se prenait pas pour rien, cette bêcheuse un peu trop sûre d'elle que la plupart des hommes avaient envie de décoiffer. Les ménagères de moins de cinquante ans étaient, quant à elles, beaucoup plus partagées entre celles qui rêvaient de lui ressembler, à l'image des milliers de jeunes filles qui écrivaient à Barbara pour lui demander les clés du journalisme, et celles qui, voyant en elle une possible rivale, s'en méfiaient comme de la peste. Elle s'en rendait instantanément compte lorsqu'il lui arrivait de se rendre à un dîner, presque toujours seule, ce qui lui permettait de cultiver cette image tentatrice de cœur à prendre. Les femmes la détaillaient de la tête aux pieds, à mesure que les yeux de leurs maris s'électrisaient. Comme on lui réservait souvent la place d'honneur, ses voisins se rengorgeaient comme des coqs, tandis que leurs épouses les fusillaient du regard. Barbara avait une réputation de mangeuse d'hommes, de voleuse de maris. Traquée par les paparazzi, elle cultivait le mystère – personne n'avait rien pu prouver –, mais l'impression générale était qu'il valait mieux ne pas tomber dans ses filets.

Tout cela, Barbara le devinait une nouvelle fois dans ce café trop bruyant, trop javellisé. Ces conversations dans son dos, ces jugements sur son air défait – « on voit bien qu'on les maquille à la télé » –, cette petite serveuse qui se tortillait avant de lui demander un autographe – « pour mon fils qui a un poster de vous dans sa chambre » –, ces dégoulinis de compliments enguimauvés, cette comédie de toutes les secondes, elle en avait horreur. Une nausée, une envie de vomir cet artifice, cet apprêt de plâtre et de paillettes, un long dégoût de tout l'envahit, et puis soudain, ce coup de téléphone sur son portable :

– Enfin tu es là ! Alors, ma chérie ?

– Alors, rien du tout ! Rien du tout ! répondit-elle avant de raccrocher, au bord des larmes en fixant l'enveloppe à demi déchirée.

Et toujours derrière elle, cette nuée de moucherons, ce chuchotis indécent :

– On la voit moins depuis quelque temps, on parle davantage de la blonde du vingt heures, tu crois qu'elle va la remplacer ?

– Mais non, c'est normal, y a moins de guerres en ce moment. Ces sauterelles, ça n'aime que le sang. C'est pas le genre à présenter la météo.

– Elle est toujours avec Redford ou Harrison Ford ? je sais plus, je l'avais lu dans *Voici Paris*.

– Mouais, pas sûr, ça faisait longtemps… ces filles-là, vous savez…

Dehors la Golf s'ennuie. La contractuelle est revenue rôder autour, elle observe les passants et glisse une contredanse sous les essuie-glaces. Barbara lui adresse un regard las.

– Elle s'en fiche ou quoi ? murmure le garçon.

– Vous parlez ! C'est la chaîne qui paie, j'en suis sûre... moi j'aimerais bien qu'on...

Barbara en a assez. Elle se retourne brusquement, plante ses yeux dans ceux du garçon, lui commande un alcool, « un truc très fort », précise-t-elle, les yeux cachés derrière un mouchoir brodé.

– Tout de suite, madame Pozzi.

Le bureau est inondé de soleil. De la passerelle de son immense paquebot, le patron de Canal Première jette un œil sur les fourmis qui s'agglutinent le long de la Seine et sur le périphérique saturé.

Jacques Lestrade s'est levé pour mieux observer le spectacle. Il a tourné le dos au mur de récepteurs qui déversent leurs images sans le son. Ces couleurs criardes, ces logos agressifs, ces guignols qui s'agitent, privés de parole, lui sont devenus insupportables. Bien moins toutefois que la jeune journaliste de *Télératmage* qui le cuisine depuis dix bonnes minutes. Ils l'ont choisie au petit poil. Queue-de-cheval, lunettes sérieuses, jupe stricte, elle n'est pas là pour subir le désormais classique numéro de charme du grand patron, ni l'étalage de sa culture d'enfant des Sixties. C'est un examen, qu'on se le dise, pas une partie de plaisir. Lestrade y voit plutôt un interrogatoire de garde à vue, qui a commencé on ne peut plus mal :

19

— Je préfère être franche, monsieur le président, votre chaîne représente tout ce que je n'aime pas. Je ne la regarde jamais.

— Eh bien, voilà qui va faciliter la conversation, réplique-t-il. Puisque vous ne la regardez pas, vous n'en connaissez rien. Nous n'en n'aurons donc pas pour très longtemps.

Cela tombait bien. Au moment où sa secrétaire annonçait l'arrivée de la journaliste, Jacques Lestrade composait pour la énième fois un numéro de portable qui se refusait obstinément à répondre. Il le mit en rappel automatique et se prépara à subir les assauts de l'inspectrice journaliste, auxiliaire de justice au tribunal pénal de l'information.

Programmes, parts de marché, nouveaux animateurs, journaux télévisés, le dernier éclat de Barbara Pozzi, le rachat de MGM, les accords avec d'autres groupes audiovisuels européens, tout y passe... La fille a beau ne jamais regarder Canal Première, elle connaît bien son dossier.

Lestrade la toise, puis, toujours en déambulant, se passe la main dans les cheveux et lui sourit ironiquement. Elle ne réagit pas. Il se sent fort. Il est beau, bronzé, il a cinquante-sept ans et ne les paraît pas, Paris est à ses pieds, les hommes politiques mangent dans sa main, le monde du cinéma l'a découvert et adopté. Les plus sceptiques ont salué son coup de poker surprise sur la Metro Goldwyn Mayer. Désormais d'immenses limousines l'attendent à l'aéroport de Los Angeles. A Hollywood, il dîne avec Julia Roberts... Ce n'est pas cette donzelle prétentieuse qui va gripper tout cela.

S'il n'y avait ce maudit portable qui sonne toujours dans le vide...

La journaliste, pour bien montrer que ce contentement de soi ne l'impressionne nullement, reprend avec la pointe d'arrogance qu'elle aurait, c'est sûr, perdue dans dix ans.

– HEC, puis vous entrez aux Pétroles Réunis, vous y restez près de vingt ans... et, changement brutal, des huiles à l'audiovisuel, depuis quinze ans directeur général puis président de Canal Première, c'est bien à cela que l'on peut résumer la vie de Jacques Lestrade ?

– Rien n'est résumable, mademoiselle, surtout pas un homme. Ni même une femme, ajoute-t-il, grinçant, pour la faire sortir de ses gonds.

Elle ne bronche pas, ne note rien sur son carnet. Ce n'est pas la réponse qu'elle attend.

– Vous ne m'avez récité qu'un CV, continue-t-il. J'ai une autre vie, tout de même...

– Oui, bien sûr, marié, trois enfants, au fait, quel âge ?...

– Vingt-huit, vingt-deux et vingt ans... Tous sortis d'affaire...

– Une vie que vous tenez d'ailleurs à protéger... on vous voit rarement dans les gazettes à scandales. Personne ne connaît votre épouse, vos enfants.

Une nouvelle fois Lestrade, qui s'est rassis, tente de joindre son correspondant. Il est nerveux. Il a envie d'expédier l'importune.

– Ça n'intéresserait personne, vous le savez bien... un homme marié !

– Et s'il y avait une recette du succès Lestrade, ce serait quoi, à part la vie de famille ? demande la journaliste, avec une ironie à peine masquée.

Le patron de Canal Première cesse de tripoter son portable, la regarde fixement dans les yeux, très directement, lui montre l'immense photo qu'il a fait plastifier et qui lui fait face. Elle se retourne, découvre un bord de mer, un chaos de rochers, une entrée de port. Une atmosphère sauvage qui ne détonne pas à la proue de ce bâtiment élancé vers la Seine. Tout autour, sur des étagères, des vieux livres, un baromètre, une lampe-tempête en cuivre, deux ou trois instruments de navigation.

– Ça, probablement, mademoiselle. Je suis basque. De Saint-Jean-de-Luz. Les falaises, ça me connaît. Et il faut bien des tempêtes, pendant des millions d'années, avant de les transformer en sable.

– Tout ça c'est du sable ? ose l'impertinente, en lui montrant les seize écrans qui composent le mur d'images et dont les marionnettes s'époumonent dans le vide et le silence.

– Très jeune, j'ai appris à naviguer dans le golfe de Gascogne, par gros temps... alors les petites tempêtes, les questions perfides, les critiques jalouses, je m'en balance.

La journaliste reste coite.

– Maintenant, mademoiselle, j'ai à faire. Merci de votre visite.

Et, sans la regarder, il compose une dernière fois son numéro de téléphone.

Barbara fonce vers la place de Fontenoy. Elle est en retard, comme d'habitude. Fixé sur le tableau de bord de sa voiture, le portable ne cesse de sonner. Elle ne décroche pas. Elle se sait trop bouleversée pour articuler une banalité d'usage, feindre une compassion, trouver une parade. Elle préfère couper son téléphone mobile et monter le son de la radio qui, en boucle, toutes les sept minutes, ressasse les mêmes informations avec une place de choix pour la conférence extraordinaire des chefs d'Etat à l'Unesco. Ils vont ratifier en fin de matinée l'interdiction absolue du clonage humain. Après deux années d'intenses négociations, cent douze pays ont accepté de signer l'accord. Malgré les efforts de Tony Blair, en pleine campagne électorale, la Grande-Bretagne ne sera pas représentée à Paris, pas plus que la Suisse, officiellement pour des raisons d'indépendance et de neutralité. Mais on soupçonne les lobbies pharmaceutiques d'avoir pesé lourd dans la balance de ces deux décisions.

Barbara a du mal à manœuvrer aux abords du palais de l'Unesco. Tant de présidents, de Premiers ministres ont désorganisé la circulation. La police est sur le qui-vive. Et la journaliste, sur les charbons ardents.

– Et merde ! crie-t-elle à un gendarme mobile qui cherche à dévier sa route et se soucie de son laissez-passer comme d'une guigne.

– Et merde ! répète-t-elle à la première sonnerie du portable qu'elle vient de rallumer afin de prévenir sa rédaction qu'elle aura un léger retard pour la couverture du journal de treize heures.

Tant pis pour l'interlocuteur qui espérait enfin l'avoir localisée. Elle a de toute façon sa petite idée sur son identité. Il peut attendre. Après tout, ça fait un an qu'elle patiente en espérant qu'il se libérera un jour pour elle.

A la tribune, Jacques Chirac tonnait. Son discours était teinté d'une conviction qu'on ne lui avait pas toujours connue. Il est vrai que la proximité de l'élection présidentielle le stimulait ardemment et que la présence des plus grands dirigeants de la planète, George W. Bush, Vladimir Poutine, Gerhard Schröder mais aussi les inusables Fidel Castro, Kadhafi, Moubarak et bien d'autres, valorisaient singulièrement sa fonction. Le même jour, Lionel Jospin devait ronger son frein en inaugurant, plus modestement, une nouvelle ligne de métro chez son ami Gérard Collomb, le tout récent maire socialiste de Lyon.

Devant Barbara Pozzi et les caméras de Canal Première, dont la chaîne d'informations en continu diffusait le discours en direct, le président français se livrait à un vibrant plaidoyer pour l'éthique et la protection du patrimoine génétique. Il y condamnait également le décryptage du génome humain à des fins commerciales et toutes les manipulations qui tendraient à considérer comme aliénable ce legs unique de la nature. « Les gènes ne peuvent se breveter, se vendre sous licence, s'acheter comme de vulgaires marchandises... Il s'agit, d'un héritage commun de l'humanité ! Notre héritage ! » répéta-t-il avec force sous les applaudissements nourris d'une salle qui, en raison de la traduction, réagissait avec un temps de retard.

Jacques Chirac exultait. Deux ans plus tôt, deux hommes, dans une déclaration commune, s'étaient montrés aux avant-postes du combat contre les laboratoires qui voulaient faire payer les brevets de ces recherches mais aussi contre les apprentis sorciers prêts à tout pour justifier le passage du clonage d'une brebis à celui d'un homme. Ces deux comparses, Bill Clinton et Tony Blair, n'étaient pas là aujourd'hui. Le premier avait déjà été avalé par le grand dégorgeoir de l'Histoire et parcourait la planète en monnayant très cher ses conférences pour rembourser ses avocats toujours obligés de batailler dans l'affaire Lewinski, et le second, adulé par l'opinion il y a encore quelques mois, était resté cloué à Londres, durement secoué par une campagne électorale et les conséquences de la crise de la fièvre aphteuse. Le président français pouvait donc, ce matin-là, savourer seul les bienfaits de la longévité en politique. Et c'est d'un air satisfait qu'il se dirigea vers les sunlights de Canal Première où l'attendait Barbara Pozzi pour une interview fixée de longue date avec sa fille Claude.

Le président devait patienter. Jadis la télévision était aux ordres du pouvoir. Tout jeune ministre, il n'avait pas été choqué par le poids de son collègue Alain Peyrefitte sur les directeurs de l'information qui se succédaient à la tête des chaînes d'Etat. En ce début de millénaire, les temps avaient bien changé. C'était aux politiques de venir supplier ou amadouer les médias. La plupart s'en accommodaient, même s'ils pestaient en silence, et quelques journalistes profitaient avec gourmandise de cette position de force qu'ils n'avaient pas toujours connue. Barbara était de ceux-là.

Profondément, elle n'avait guère de respect pour la gent politique. Elle s'amusait de ses dérisoires contorsions face à des citoyens de plus en plus critiques, de moins en moins naïfs. Elle jouait elle-même de sa propre séduction, beaucoup plus naturelle, bien davantage irrésistible. Maints chefs de

29

parti ou ministres s'y étaient cassé les dents. S'il y avait une catégorie qui n'avait jamais franchi la porte de sa chambre, c'était bien celle-là, à l'exception d'un obscur secrétaire d'Etat qu'elle n'était pas très fière d'avoir accroché à son tableau de chasse, mais qu'elle avait connu très jeune sur les bancs de Sciences-Po.

Et c'est peut-être cette réputation farouche qui lui valait d'être encore à ce point courtisée. Elle en avait tant connu de ses consœurs qui avaient flirté à droite et à gauche et s'étaient vite lassées de ces courants d'air, davantage préoccupés par leur carrière que par leur libido. L'une de ces éminentes journalistes, qui fut naguère sa directrice, s'était même retrouvée à arbitrer, un soir d'entre deux tours, un débat entre deux présidentiables qu'elle avait jadis approchés fort intimement...

Jacques Chirac, qui aimait bien être badin avec les demoiselles, n'était pas le dernier à se montrer sensible aux charmes de Barbara mais il avait, semble-t-il, compris depuis longtemps son mode de fonctionnement et se contentait de plaisanteries grivoises. C'est ce qu'il fit ce matin-là pendant qu'au journal télévisé, en attendant le direct, un chroniqueur scientifique tenait la vedette. Des laboratoires, expliquait-il, prétendaient, une fois leurs séquences génétiques déterminées, accéder à la compréhension des mécanismes de certaines maladies. Il citait l'exemple d'une entreprise en biotechnologie qui venait de passer un accord d'exclusivité avec le gouvernement chinois pour bénéficier des collectes d'ADN effectuées sur des victimes de maladies orphelines.

Depuis quelques secondes, Barbara se prenait à s'observer, comme elle l'eût fait avec une étrangère. Elle était coutumière de ces absences trop semblables à une extrême présence. Comme si tout son être se dédoublait en son interlocuteur, comme si elle savait tout de lui. C'était une impression douloureuse, celle de la connaissance d'un mal trop souvent éprouvé, d'une lucidité trop éclatante. A l'instant même où il ouvrit la bouche, elle sut ce qui allait en sortir. Elle se moulait dans sa logique, jusqu'à lui donner raison en son for intérieur, jusqu'à se châtier pour avoir posé une question dérangeante. Il fallait qu'elle arrêtât très vite ce métier, qu'elle cessât ces interviews à la chaîne, sans surprise. Face à elle, depuis belle lurette, on se cabrait, on se préparait à la lutte, aux pièges, on corsetait ses réponses, on l'étonnait donc peu. Et, plus grave à ses yeux, elle ne s'étonnait pas davantage. Il lui semblait agir par automatisme, sans la moindre excitation des papilles. Il était évident qu'après ça tout lui parut interchangeable, inter-vieweurs, interviewés, questions, réponses, esquives. Toutes les rouéries des journalistes, leurs petites habitudes, leurs obsessions monomaniaques, leurs opinions précongelées lui étaient devenues insupportables. Elle en était arrivée à prendre à chaque fois le parti du gibier, du traqué. Il était vraiment temps qu'elle remisât son fusil au clou.

Le présentateur du treize heures reprenait la parole pour la donner à Barbara et à son invité. Le sujet ne prêtant guère à polémique, la journaliste fut sobre, moins incisive que de coutume. Etait-ce son admiration pour sa compatriote Oriana Fallaci et pour la star d'ABC Barbara Walters, toutes les deux intervieweuses redoutées ? Etait-ce plutôt le fait que les hommes politiques français et leurs petites affaires ne l'intéressaient que médiocrement ? Toujours est-il qu'elle tranchait habituellement, par ses questions directes, avec ses confrères de Canal Première et des autres chaînes, qui aimaient davantage finasser et se mettre en valeur.

Face au chef de l'Etat qui se rengorgeait du succès de la conférence à l'Unesco et se l'attribuait, Barbara ne trouva pour une fois rien à redire. Sans doute avait-elle aussi la tête ailleurs. Le résultat des analyses du matin lui pesait encore sur l'estomac. Elle avait eu tort de ne pas prendre son amant au téléphone. Il aurait à coup sûr trouvé les mots pour la consoler, la cajoler. Mais pourquoi donc se choisissait-elle toujours des petits amis plus âgés qu'elle ? Elle songeait à son père, qui n'était pour rien, le pauvre, dans ce dérèglement. Elle l'aimait tant, papa Umberto. Il venait de passer dix jours chez elle quai des Grands-Augustins. Il repartait à seize heures pour Rome et, précis comme il était, il devait déjà être en train de l'attendre à Roissy où elle avait promis de prendre un dernier café avec lui avant son embarquement.

Jacques Chirac poursuivait ses envolées éthiques. Barbara l'interrompit brusquement.

– Monsieur le Président, je vous remercie. Retour à nos studios.

A treize heures, les pages « patrimoine » et « terroir » du journal n'attendaient pas. Umberto Pozzi non plus.

On dit de certains êtres qu'ils sont si polis qu'ils ne font de mal à personne et qu'on ne les voit jamais. Umberto Pozzi, lui, avait une telle politesse de l'âme, une telle élégance de comportement qu'on le remarquait au contraire à première vue. C'est du moins l'impression qu'avait en permanence sa fille et qu'elle ressentit davantage encore cet après-midi-là.

Il n'était pourtant pas bien grand. Trapu, une belle gueule pour ses soixante-cinq ans, les cheveux argentés tirant légèrement sur le mauve, il se tenait droit comme un *i* en lisant *L'Humanité*.

Barbara le surprit par-derrière, l'aveuglant avec ses mains et le moquant une nouvelle fois pour ses lectures. Mais, à son âge, après un demi-siècle au Parti qui l'accueillit à dix-huit ans, on est trop vieux pour changer d'opinions politiques.

– … Et ce n'est pas ton interview de cet assassin de Poutine le mois dernier qui m'en convaincra ! Du temps de Brejnev et du Parti, il n'y avait pas de bandits en URSS.

En quelques secondes, ils avaient repris leurs habitudes et cet étrange sabir qui faisait rire tous leurs amis, ce mélange d'italien, de français et de beaucoup d'amour...

— Allez, deux coupes. C'est ma tournée. On trinque.

— Et à quoi donc, mon Dieu ?

— A mon petit-fils ! Au petit Pozzi !

Barbara éclate en sanglots. Il en rêve donc autant qu'elle ?

Il la croit émue. Il l'est aussi. Mais qu'elle ne s'inquiète pas : il se chargera d'élever le petit comme il l'a élevée elle-même, tout seul. Et si elle n'a pas trouvé un vrai père pour l'enfant, rien de grave, il s'en occupera. Il a tout son temps depuis que l'administration l'a mis à la retraite. Il se voit déjà, le sage Umberto, pouponnant enfin un vrai Pozzi. Un petit gars qui porterait ce nom, menacé, sans lui, de disparition. Au fait, pourquoi ne pas le confier à Arnaud ?

— Mais Arnaud, papa, est un vrai ami. Mon meilleur ami certes, mais un cas désespéré pour les femmes ! Il vit avec son petit copain, un psychanalyste adorable. Et quand on a l'existence que je mène, on ne va pas choisir deux homosexuels pour remplacer le père de son fils, sous prétexte qu'on veut faire un bébé toute seule ! De toute façon, Arnaud travaille trop depuis qu'il est directeur de cabinet.

Barbara avait parlé très vite, dans un état de surexcitation qui inquiéta son père. Il posa sa main sur la sienne. Les larmes de sa fille reprirent de plus belle.

– Il n'y a pas de petit Pozzi, papa. Il n'y en aura sans doute jamais. Les analyses de ce matin étaient négatives. Je ne suis pas enceinte. Je vais finir par les avoir bien vite, mes quarante ans, et j'aurai atteint la limite « au-delà de laquelle votre ticket n'est plus valable », comme disait Romain Gary. Oublie tout ça, papa. Le petit Pozzi, c'était trop beau...

Il se leva et vint la serrer dans ses bras. L'embarquement pour Rome était annoncé.

— Dis, Arnaud, le gène du bonheur, tu crois que ça existe ?

Ce soir, Barbara avait le vin triste. Sa stérilité sèchement confirmée par les analyses le matin même, le départ de son père après dix jours de retour à l'enfance, la vanité de son métier, ces interviews à la chaîne pour croire l'espace d'un instant qu'on est presque aussi important que celui qu'on soumet à la question, tout cela l'avait abattue.

Pourtant, la circonstance qui réunissait chez elle ses meilleurs amis était joyeuse. Arnaud Littardi, le fidèle d'entre les fidèles, fêtait ses quarante ans. Il paraissait davantage : un peu d'embonpoint, une légère calvitie, des poches sous les yeux. Toujours caustique et sérieux tout à la fois, il avait maintes fois démontré son amitié indéfectible à cette jeune fille qui lui ressemblait si peu lorsqu'il la rencontra rue d'Assas, à la faculté de droit, et rue Saint-Guillaume, à Sciences-Po. Une fois, une seule, il avait même remué ciel et terre chez ses amis politiques lorsque Barbara, qui travaillait à l'époque dans le secteur public, avait été menacée par les aléas d'une alternance de pouvoir. Elle n'en avait rien su sur le moment, l'avait vivement morigéné lorsqu'elle l'apprit mais, au fond d'elle-même, elle lui en garda une infinie reconnaissance.

Aujourd'hui, Arnaud Littardi, au poste clé et très sensible de directeur de cabinet de la ministre de la Santé, pouvait se retourner avec un minimum de satisfaction sur leurs parcours parallèles depuis la rue Saint-Guillaume. Mais ce qui importait ce soir, dans le vaste appartement de Barbara en bord de Seine, de temps à autre inondé de lumière par le passage d'un bateau-mouche, c'était d'avoir à ses côtés tous ceux qui comptaient pour lui, à l'exception de ses parents trop tôt disparus dans un accident de voiture : son compagnon, Eric, et les deux inséparables avec lesquelles il n'aurait jamais d'autres relations qu'amicales, Barbara et Yaël, une belle brune au teint mat, moins svelte que sa célèbre amie mais tout aussi piquante.

Au fil du dîner, l'atmosphère se relâchait. Barbara aussi, sauf quand le téléphone sonnait. Elle ne décrochait jamais. On entendait sa voix sur le répondeur s'en occuper pour elle, en français puis en anglais.

Mais personne ne laissa de message. Elle finit par faire monter la musique, du jazz qui leur rappelait leurs jeunes années dans un bar rue de la Huchette, pour couvrir la sonnerie du téléphone.

Après le gâteau et les lumières éteintes pour les bougies, les quatre amis s'affalèrent dans un sofa en feuilletant l'album de photos que Barbara venait de dénicher. Ils ne rallumèrent pas les lumières, ils attendaient le passage des bateaux-mouches pour s'exclamer comme des gamins sur des clichés qui, pour les plus anciens, remontaient à vingt ans.

– Tu venais d'arriver à Paris, disait Yaël, en regardant la photo de Sciences-Po. Tu nous cassais tout le temps les pieds avec ta Rome antique, ton art de vivre à l'italienne...

– Je n'avais pas encore interviewé Chirac sur le génie génétique, ironisa Barbara. Je ne savais pas à ce moment-là qu'il y avait un chromosome du bonheur.

– Oh, ça va, lui répondit Arnaud. Tu vas voir ! Après la présidentielle, le gène du bonheur, ce sera Jospin !

Le joyeux quatuor se mit à rire et continua à feuilleter l'album. Arnaud reçu à l'ENA, les deux filles au Centre de formation des journalistes, Arnaud et Eric il y a trois ans sur une plage de Skyros. La grande rencontre !

– J'avais tellement de problèmes à l'époque, dit

en riant Arnaud. Il fallait vraiment que je rencontre un psy pendant mes vacances !

Eric Dior sourit. Brun, très frêle, il avait d'immenses yeux bleus qui lui mangeaient le visage. On ne voyait de lui que ce regard perçant qui attirait mystère et sympathie.

Les photos défilaient. Yaël enlacée avec un garçon dont elle n'arrivait pas à se rappeler le nom ; cet autre, là, dont elle n'avait retenu que le prénom, Karel, un Tchèque, « pas un mauvais coup »...

— Et pourquoi donc ça ne dure jamais ? demanda Eric, prêt à l'allonger sur son divan de psy.

— J'aurais bien du mal à te le dire, bafouilla-t-elle, mi-amusée, mi-déconfite. C'est fini, je ne tombe plus amoureuse.

— Plus ce soir, du moins, répondit Eric.

Ils aimaient la bousculer gentiment. C'était tout elle, ces clichés qui s'enchaînaient. Energique et ambitieuse pour qui ne la connaissait pas. Un cœur d'artichaut pour qui voulait se donner la peine de la conquérir.

Les pages de l'album tournent encore. Barbara avec Saddam Hussein, Kadhafi, Hassan II, Hussein de Jordanie, Milosevic, Kabila, l'ayatollah Khomeiny, Hafez Al-Assad...

Yaël rit aux éclats :

— Bravo ! Les dictateurs, tu les collectionnes, mais tes petits copains, Barbara, pas de photos ?

Barbara s'amuse :

— Qui te dit qu'il ne s'est rien passé avec Castro, hein, petite jalouse, à La Havane ? Quant aux petits amis, il faudrait plusieurs albums spéciaux !

Les trois autres souriaient. En fait, ils n'avaient jamais vraiment rien su de sa vie amoureuse. Gêne ou discrétion, elle gardait souvent le secret. Même Yaël ne savait pas, ou si peu. La grande solitude de la star, inquisitrice pour les autres, mais si réservée quant à sa vie privée, trop souvent traquée par les voleurs d'images, méfiante même envers ses propres amis, qui auraient pu parler, ou dévoiler ses mystères, sans intention maligne.

— Mais tout le monde sait que c'est Arnaud, l'homme de ma vie ! Papa voudrait d'ailleurs que je fasse un enfant avec lui, c'est la nouvelle du jour !

Elle se jette au cou de son ami. Eric fait mine de protester. Puis elle donne un baiser sonore dans le cou de Yaël qui crie :

— Faites-le, faites-le ! Chiche !

Ils frappent dans leurs mains, de concert. On entend trois coups dans le plafond. Le voisin, zut, un inspecteur des impôts...

– Je suis bonne pour un redressement fiscal, se moque Barbara, en baissant la musique.

L'appartement redevient calme. Le téléphone sonne de nouveau. Le correspondant ne laisse toujours pas de message.

Barbara, qui cette fois veut répondre, a un pressentiment. De la fenêtre, elle jette un œil sur le trottoir du quai des Grands-Augustins. Un homme fait les cent pas dans l'obscurité. Il sort son portable de son imperméable, compose un numéro. Elle va chercher le sien, attend. L'écran s'allume. Elle décroche mais ne parle pas. Elle écoute.

– Réponds, ma chérie. J'entends la musique. Je cours à un dîner, oui seulement maintenant. Je rentrerai tard ce soir, il faudra même peut-être que je repasse au bureau après, mais promis, je te réveillerai. Je t'aime.

Il a raccroché. Gênée, elle observe ses amis à quelques mètres de là. Ils n'ont pas entendu. Elle se joint à eux. Eric est en train d'imiter Chirac et les chefs d'Etat qu'il a vus ce matin à la télévision.

Barbara leur raconte sa journée. La peur du clonage humain, le refus de certains pays de signer l'accord. Yaël, directrice des magazines sur sa chaîne, intervient. Après la fausse alerte de l'été dernier (une Française membre de la secte des Raëliens avait annoncé son intention de cloner un bébé qui venait de mourir aux Etats-Unis), une folle rumeur, beaucoup plus sérieuse, circule en ce moment dans les rédactions du monde entier ; il y a même eu une dépêche Reuters la semaine dernière. Une équipe scientifique serait prête, selon Yaël, à donner naissance dans les semaines ou les mois à venir au premier clone humain. Qui et où, personne ne sait... Barbara se passionne. En chien truffier de l'information, elle flaire une pépite. Arnaud confirme qu'au ministère on prend la rumeur au sérieux. La ministre en a parlé mercredi dernier au Conseil dans une communication restée secrète. Des enjeux financiers d'importance se profilent derrière le clonage. C'est en milliards de dollars que se calcule le commerce des gènes.

Bien qu'un peu éméchée, Yaël retrouve ses réflexes de responsable d'antenne. Pourquoi Barbara ne ferait-elle pas une enquête sur le sujet pour « Soixante minutes », l'hebdomadaire de Canal Première dont elle assume la direction ? Pour le numéro de rentrée, dans cinq semaines ? Après les vacances, une bonne date, les magazines de télévision sont friands de ces opportunités, les premières, les centièmes, les millièmes, les dernières... Avec Barbara comme rédactrice, ce qui n'est encore jamais arrivé, ce serait un évènement. Une superbe enquête, un beau retour par la grande porte. Pister les cloneurs. Mais comment faire ?

Arnaud a son avis :

– Il faudrait déjà commencer par décrocher une interview de cet Américain qui a créé la brebis Polly avec son collègue écossais. Le professeur Richard Blank, c'est ça...

Yaël est tout excitée. Elle part chercher une nouvelle bouteille de champagne pour fêter l'évènement et favoriser le remue-méninges. De la cuisine, elle entend le téléphone, puis une voix d'homme sur le répondeur.

– Barbara, arrête de bouder, je t'en supplie, décroche...

Yaël sursaute. Elle a cru reconnaître la voix.

De retour dans le salon, Yaël pousse Barbara à accepter son idée. Blank vit en Suisse, ce n'est pas loin. Voyager, enfin bouger après ces six mois au repos, à attendre... Barbara avait demandé à la chaîne de la laisser à Paris pendant la durée des examens médicaux mais puisque les tentatives de grossesse assistée sont infructueuses, son gynécologue l'autorisera à se déplacer. D'ailleurs, elle refuse l'idée d'un nouvel essai.

Elle est fatiguée ce soir. Et la chaleur de cette amitié qui lui est à cet instant offerte sans retenue la pousse à s'abandonner. Elle pleure tout doucement.

Arnaud, l'ami de toujours, lui prend la main.

– Ça viendra, Barbara...

– Je n'y crois plus. L'année prochaine, je fête mes quarante ans comme toi. Ça devient urgent.

Pour détendre l'atmosphère, Yaël accuse :

– Le problème, c'est les hommes. Moi j'ai définitivement renoncé à essayer de rencontrer un amant en même temps qu'un père...

En psy averti, Eric intervient pour expliquer le peu de différence entre les deux...

A son tour, à l'approche des vacances, Yaël leur confie le secret qu'elle ne partageait jusqu'alors qu'avec Barbara. Elle part dans cinq jours récupérer le petit Cambodgien qu'elle a enfin réussi à adopter.

– Un garçon ! Penses-y, Barbara...

– Et tu vas l'élever toute seule ? demandent Arnaud et Eric, qui, depuis un an, cherchent aussi à adopter un enfant.

Ils connaissent des exemples autour d'eux, et même à Canal Première. Ils savent désormais que c'est possible, notamment grâce à une association gay américaine.

Aucun d'entre eux n'a encore d'enfant, mais tous les quatre rient, pleurent, s'adorent. Ils sont un peu ivres et la vie change de couleur.

Le Paquebot de Canal Première avait la nuit des allures de phare. Seule la « passerelle » restait éclairée. Une ombre passait et repassait devant la fenêtre. Jacques Lestrade était en train d'y dicter du courrier à une invisible secrétaire réincarnée en magnétophone. Il s'emportait, se reprenait, corrigeait tout en faisant les cent pas. Maître du monde, maître de la nuit quand tous ses autres concurrents dormaient déjà, il échafaudait des stratégies, tançait des impudents, moquait l'autorité de tutelle, sermonnait quelques hommes politiques qui avaient eu le malheur de se placer en travers de son chemin.

Mais ce soir, Lestrade était aussi un homme dramatiquement seul. Son pouvoir, il le tenait de son exceptionnelle intelligence mais surtout de son ascendant sur ses milliers de collaborateurs. Or, en cet instant, ils avaient tous déserté le Paquebot. Qui réprimander, séduire, impressionner ? Les hommes de ménage sri-lankais employés par une société de services pour remettre à neuf les bureaux pendant la nuit s'étaient bien écartés pour le laisser passer dans les couloirs, mais ils l'avaient salué d'un air las, sans savoir qui il était. Et en terminant les lettres que sa secrétaire devait expédier au plus tôt le lendemain matin, le patron de Canal Première appréhendait l'idée d'aller retrouver sa maîtresse comme il s'y était engagé. Il la sentait en fuite, savait qu'elle lui échappait.

Pourtant, cette fille était la chance de sa vie. Lorsqu'il avait commencé sa carrière à trente ans sur les plates-formes pétrolières du Gabon et de la mer du Nord, après deux ans de formation à la filiale de Rome, il n'aurait jamais imaginé qu'un jour la plus jolie journaliste de la télévision lui tomberait dans les bras. Car c'est ainsi que Barbara lui apparut un matin, trébuchant au sortir d'un ascenseur du Paquebot. Il y eut tant de force dans cette fugace rencontre, tant de musc et de parfum distillés en cette seconde, comme une fragrance de désir, qu'il n'eut plus désormais qu'un objectif : la conquérir. Il le fit habilement, avec ténacité, sans jamais se prévaloir de sa position hiérarchique. Ses collaborateurs de l'étage se souviennent de cette époque comme d'un temps béni. Le président était alors tout simplement charmant... Et le charme opéra sur une jeune femme qui, à l'approche de la quarantaine, se sentait en plein désarroi.

Mais tant d'eau avait coulé sous les ponts pendant ces mois de passion tumultueuse, tant d'exigences avaient été formulées par Barbara que, ce soir-là, Jacques Lestrade était un homme lessivé.

L'appartement est désert, désormais. Les bouteilles vides sont restées à même le sol. La musique est moins forte. Charlie Parker a cédé la place à Pavarotti et à des airs populaires de Rome et de Naples. Barbara a des remontées d'enfance.

Les albums de photos sont ouverts, la télévision aussi. CNN n'en finit pas de brasser l'air du monde avec ses présentatrices si peu affriolantes. Barbara se regarde dans la glace pour savoir si un jour elle pourrait leur ressembler. Elle est en peignoir, les cheveux défaits, mais dans le secret de son dialogue avec son visage reflété, elle sait qu'elle est encore belle.

Une grande enveloppe grise portant le cachet d'un cabinet de radiologie traîne sur une commode. Elle l'ouvre, sort un cliché, plaque sur une lampe l'image bleutée de son ventre désespérément vide. Pas assez d'amour à l'intérieur, pas assez d'amour sans doute

51

tout au long de ces vingt ans de femme en âge de procréer.

Peut-être a-t-elle cru pouvoir se passer de cette affection si simple et lui substituer la drogue commode du faux attachement du public. Combien en avait-elle connu de ces vedettes à la petite semaine qui se gargarisaient de la fidélité de leurs chers téléspectateurs, en espérant bien les faire rêver tout en leur taisant la solitude vertigineuse de quelques soirées passées devant un plateau-repas et un poste de télévision, à critiquer des émissions concurrentes et des animateurs forcément médiocres ?...

Barbara elle-même, qui s'était jusqu'alors gardée des poisons de la jalousie professionnelle, s'était, il y a cinq ans, retrouvée un soir dans une de ces foires aux vanités où l'on se jure ensuite de ne plus jamais remettre les pieds. Pour l'une de ces innombrables compétitions où les « professionnels de la profession » s'autocongratulent et s'admirent réciproquement sans en penser un mot, elle était parvenue en finale d'un surréaliste concours de beauté où elle avait été supplantée par une jeune femme vive et maligne, mais qui, à force d'avoir fréquenté les exhibitionnistes et les mégères de son ordinaire compagnie, avait fini par être, comme d'autres, touchée par cette mince patine de la vulgarité qui vous colle ensuite à jamais à la peau. Barbara en avait conçu un mélange de déception non

avouée – mais après tout, c'était le choix du public –
et de fade écœurement. Elle ne valait pas mieux que
les autres, tout devait être interchangeable à la télévision, tout se ressemblait dans ce flot continu d'images. Elle n'était plus jamais retournée à cette élection
de la « Femme de l'année » par les lecteurs d'un magazine de télévision. Au grand dam de cet hebdomadaire
qui ne vivait que de ces potins et de ces vaines agita-
tions de personnages si semblables à leur miroir de
tous les jours, leur public ordinaire...

On sonne. Elle s'en étonne à peine et va ouvrir,
presque machinalement, traînant les pieds comme
une bonne épouse qui attend son homme.

Jacques Lestrade s'est jeté dans ses bras.

– Tu es fou, tu aurais pu croiser Yaël. Et tu veux, après ça, qu'on ne soit pas repérés ?

Voilà un an qu'ils sont amants. Un an qu'il se dit qu'un patron ne doit pas coucher avec une employée, si prestigieuse soit-elle, un an qu'elle se dit qu'on ne couche pas avec le président de Canal Première, sauf à vouloir démontrer que, décidément, on a les dents qui rayent le parquet.

Elle est un peu saoule. Il la trouve belle, cependant. Il aime ses abandons, si rares, ces minuscules failles dans la cuirasse d'une femme en apparence inexpugnable. Il la complimente sur son interview de Chirac. Elle est pourtant sûre qu'il ne l'a pas regardée. A treize heures, un patron, ça déjeune et ça parle affaires. D'ailleurs, ça ne regarde jamais la télévision. Et c'est parfois mieux comme ça.

Elle devine son mensonge mais ne le dira pas. Il

sait qu'elle sait. Tout juste retourne-t-elle le couteau dans la plaie en lui apprenant qu'elle a été obligée d'écourter l'interview, prévue au départ sur douze minutes.

– Tyrannie des programmes, maugrée-t-il pour enterrer cette conversation.

De toute façon, il faut que ces programmes roulent, que les publicitaires en soient contents, que si possible les téléspectateurs le soient aussi. Le reste, ce n'est pas son affaire.

Il veut l'embrasser, elle lui jette la grande enveloppe grise à la figure.

– A quoi ça sert de continuer ? dit-elle. Nous ne sommes même pas fichus de faire un bébé. Retourne chez toi, avec ta femme et tes enfants.

Il la calme en l'assurant que c'est une question de temps, que le jour viendra et qu'alors il quittera tout pour vivre avec elle. Elle sait bien qu'il ne peut partir ainsi, qu'il l'a peut-être déjà promis à d'autres, naguère, et qu'il est toujours resté chez lui. Il l'aime à la folie, c'est clair, sans doute davantage qu'elle, mais sa folie à lui ressemble-t-elle à la folie ordinaire ? Son métier, sa position, son comportement rigide peuvent-ils s'accommoder d'une passion ? Elle ne le jurerait pas.

Elle rit, d'un rire étrange, presque fou, qui lui fait peur : elle n'en peut plus d'attendre d'être enceinte, cloîtrée dans cet appartement, elle a besoin de sortir, de voyager, de retourner à ses reportages fétiches, de redevenir la journaliste qu'elle a toujours été.

— J'ai pris une décision, lui annonce-t-elle.

— Laquelle ? répond-il, inquiet.

Il devine trop que cette lionne ne se garde pas en cage.

— Tu verras bien. Demain.

Elle le regarde d'un drôle d'air.

— En attendant, on fait quoi ? Tu es venu pour discuter ou pour tirer un coup ?

Elle est cynique soudainement, volontairement triviale. Il lui sert un verre, elle est un peu étourdie. Il la déshabille, elle est magnifique, elle se laisse faire, sans grande conviction, sans le regarder. Ils font l'amour. Dans la vie, ils font de la télévision. Cette nuit, ils font l'amour.

Il est deux heures du matin. A quelques centaines de mètres du quai des Grands-Augustins une femme est allongée sur un divan. Cette nuit encore, elle n'arrivera pas à dormir. Elle en est à son quatrième cachet pour essayer au moins de somnoler.

Elle est encore très belle ; elle a pourtant l'air épuisée, très pâle, les joues creusées, les longs cheveux dénoués. Elle accuse l'entre-deux-âges, cinquante-cinq ans peut-être.

Une fois de plus, elle ne peut s'empêcher de remettre la cassette vidéo dans le magnétoscope. Une bande-annonce de Canal Première, à destination des annonceurs, qui présente ses journalistes en héros d'une grande superproduction hollywoodienne. Après le panégyrique du présentateur du journal de vingt heures – pas moins de dix plans, de dos, de face, de profil, de jour, de nuit –, une séquence entière est consacrée à Barbara Pozzi. Trois bonnes minutes pour retracer la carrière irrésistible *du* grand reporter de la télévision française : des images de la guerre du Golfe – ses débuts au front – puis la Somalie, le Rwanda, la Bosnie, le Timor, le Kosovo, le Sud-Liban, partout des drames, des famines, des violences... et Barbara qui domine ses sujets, Barbara magnifiquement juste.

De son sofa, la femme regarde, l'air absent, comme presque ivre, les yeux vides, la journaliste débiter ses compliments. De temps à autre, elle revient en arrière, arrête l'image sur un gros plan de Barbara, puis laisse la bande défiler.

Elle finit par éteindre la lumière et reposer son verre après avoir ingurgité un ultime cachet.

Reste l'image, dans la nuit, de Barbara Pozzi s'adressant au monde.

La salle de réunion de la rédaction de Canal Première était, comme chaque mardi, au centre d'une grande agitation.

Pour ce que l'on appelait la conférence de prévisions, les chefs de service des différentes divisions de l'information, journaux comme magazines, effectuaient le tour de leurs projets. Traditionnellement, on y commentait les chiffres d'audience de la veille, connus dès le matin peu après neuf heures. Ce jour-là, le présentateur du treize heures tempêtait. L'interview de Jacques Chirac avait, disait-il, « plombé son journal ». Les téléspectateurs avaient déserté pendant l'intervention du Président.

— Je ne dis pas ça contre Barbara, nuançait-il, pour répondre aux regards atterrés de ses confrères, habitués à son obsession de l'audimat, mais ce type était verbeux et, entre nous soit dit, le thème du clonage n'est pas très sexy. Ce n'est jamais qu'un concept.

Ça ne dit rien aux gens. Tant qu'on n'a pas d'exemples à leur offrir, cela restera abscons pour eux. La prochaine fois, mieux vaut s'abstenir et laisser ce genre de corvée au service public.

— Dommage, mon petit Paul, répondit Yaël, à la place de son amie. C'est justement le thème qu'avec Barbara nous avons décidé de retenir pour notre premier numéro de la rentrée. Et avec la griffe Pozzi plus celle de « Soixante minutes » on est sûr de faire un tabac...

Jacques Lestrade qui, habituellement, ne suivait ces conférences de rédaction que dans leurs dix premières minutes, pour le principe, sursauta alors qu'il était en train de feuilleter la revue de presse de Canal Première.

— Barbara ? Depuis quand c'est décidé ? Je ne suis pas au courant.

— Depuis hier soir, monsieur le président, lui répondit Yaël. Elle va d'ailleurs partir tout à l'heure pour Genève. Une interview de Richard Blank, le père de Polly. Il a accepté tout de suite pourvu qu'on le paye. Et j'ai dit oui. Un peu chère tout de même, l'interview... mais exclusive.

— Mais je croyais que Barbara se refusait à voyager pendant quelques mois ? C'est même pour cela qu'on ne l'avait pas envoyée au Soudan ! interrogea Lestrade, faussement détaché.

Il n'eut pas le loisir d'écouter la réponse de Yaël Misrahi. Sa secrétaire s'était penchée à son oreille.

– On vous demande au téléphone. Georg Hübner, chez Naturis, à Zurich.

Il fit oui de l'œil et sortit sans prendre congé des journalistes.

Barbara humait les roses d'un des plus beaux jardins qu'elle ait jamais vus. A ses côtés, le parfait horticulteur, la cinquantaine bien marquée, grand, voûté, mince et sanglé dans un costume trois-pièces prince-de-galles. Une petite barbichette grise, des gants de jardinier à la main, un sécateur, un grand tablier vert. Et l'air d'une poule découvrant un couteau face à la merveille des merveilles : un buisson de roses rouge et jaune. Une espèce unique obtenue par croisements. Des roses de printemps, très rares.

Face à la caméra de Canal Première, le professeur arborait un air satisfait :

— Ça vous va, comme ça ?

Barbara fit un signe à Georges, son cameraman.

— Parfait, on y va.

Et elle enchaîna :

— Professeur Richard Blank, vous êtes si l'on peut

dire l'un des deux pères de la brebis Polly, ce premier clone animal, née en 1996...

Georges interrompit soudainement l'interview :

– Le miroir !

– Quoi, le miroir ? demanda Barbara.

– Plus à droite du professeur !

Le cameraman se précipitait. Il avait repéré ce miroir à trois faces qui, placé au côté de Richard Blank, procurait un effet de duplication infinie de l'interviewé. Quoi de plus rêvé pour l'inventeur des clones...

– Génial ! hurla Georges.

Tout au long de l'entretien, Barbara n'eut d'yeux que pour ce miroir, magnifique symbole de son métier, de son art, de son milieu. Ce miroir qui reflétait à chacun ce qu'on voulait bien lui offrir, son orgueil, sa transparence, sa suffisance, sa philosophie de vie. Ce miroir qui disait tant que le regard des autres ne vaut rien à côté de celui qu'on porte sur soi-même.

– Et cette passion pour le bouturage ? enchaînait Barbara, impassible.

– Depuis toujours... j'aime croiser les espèces, faire naître de nouvelles créatures, voyez-vous... Cette rose, par exemple, que vous ne verrez nulle part ailleurs.

En reporter-cameraman discipliné, Georges effectuait un zoom sur une énorme rose blanche tachée de rouge en son cœur.

Richard Blank fit mine d'utiliser son sécateur et sourit à la caméra d'un air grossièrement diabolique.

– Et du bouturage au clonage, il n'y a qu'un pas, professeur ? Comme de la brebis à l'homme ?

– Ne vous emballez pas. Le clonage des animaux se solde encore souvent par des malformations et des morts prématurées. Depuis Polly, nous avons plusieurs fois assisté à des anomalies nées d'altérations génétiques. Sans vouloir ennuyer vos téléspectateurs, c'est un gène, l'IGF2R, qui nous pose encore problème. Il influence la croissance et nous nous sommes souvent retrouvés avec des brebis clonées pesant jusqu'au double du poids normal. C'est vous dire que nous sommes loin de tout maîtriser. *A fortiori* pour les humains.

Blank attendit le clap de fin donné par Barbara, patienta le temps que le rouge de l'appareil de Georges s'éteigne et se tourna vers la journaliste avec un étrange sourire.

– Ne vous fiez jamais aux apparences, mademoiselle. En matière scientifique comme dans la vie. C'est la même chose d'ailleurs. Tout n'est qu'affaire d'illusions...

— Excellent, ton Méphisto du sécateur ! Génial, Barbara... On va cartonner avec tout ça...

Yaël Misrahi ne dissimulait pas sa joie dans la salle de visionnage au vu des premiers rushes de l'interview de Richard Blank.

— Peut-être, dit Barbara, mais ça ne nous donne pas la solution. Si Blank confirme en effet travailler, à travers sa société New World Genesis, sur le séquençage du génome humain et assure, la main sur le cœur, que l'identification des gènes permettra de guérir de nombreuses maladies, il se refuse à préciser qui finance ses recherches. Et il ajoute même, un brin menaçant, que ce n'est pas une malheureuse déclaration d'intention d'un prétendu Comité international de bioéthique, composé de politicards ne connaissant rien à la science, qui l'empêchera d'être le premier à décrypter les trente mille gènes qui nous façonnent !

Yaël demande à la monteuse de revenir en arrière.

— Garde le passage sur la côte d'Adam qui a servi à créer Eve. Gonflé le type, tout de même, pour justifier les clones !

— Cinglé, plutôt, tu veux dire. Ecoute-le un peu répondre à ma question sur l'immortalité...

On découvre en effet le professeur Blank, une Bible à la main à la place du sécateur, entouré de sa femme et de ses huit enfants :

— Je suis croyant depuis toujours, méthodiste, mais cela ne m'empêche pas d'avouer que j'aimerais ressembler à Dieu. Le clonage, c'est une première étape vers l'immortalité. Un clone, c'est soi-même ; un enfant, c'est seulement un peu de soi-même.

La caméra de Georges a effectué un panoramique sur les enfants de Richard Blank, alignés par ordre de taille. Barbara commente :

— Helen Blank est la quatrième épouse du professeur.

C'est alors qu'entre Jacques Lestrade. Il ne se mêle jamais de la conception des sujets de sa rédaction, mais il a vu Barbara à travers la vitre de la salle de visionnage. Il veut lui parler.

Yaël a compris. Discrète, elle fait mine d'être obligée d'aller à un rendez-vous dans son bureau. Elle doit de toute façon partir le lendemain chez ses parents pendant trois jours, puis au Cambodge pour récupérer l'enfant qu'elle va adopter. Barbara, embarrassée par la présence de son amant, embrasse Yaël avec moins d'effusion qu'à l'habitude et lui souhaite bonne chance. La directrice s'éclipse.

Lestrade essaie de prendre la main de Barbara, assise sur une table. Elle le repousse en montrant la vitre qui les sépare de la salle de fabrication où vaquent les journalistes.

Le patron de Canal Première est furieux.

– Je t'avais réservé ma soirée, hier... et tu files, sans prévenir, voir ce vieux fou de savant. A Genève ! Tu aurais pu me demander conseil avant d'accepter la proposition de Misrahi !

Barbara prend la mouche.

– Elle s'appelle Yaël. Elle a un prénom comme tout le monde. Il n'y a que les antisémites pour l'appeler comme ça.

– Oh ! je t'en prie !

Depuis longtemps, elle sait comment déstabiliser la nouvelle étoile de Hollywood qui ne veut rien comprendre à cette curieuse engeance des journalistes. Par la grâce d'une simple petite carte de presse qu'on leur attribue presque automatiquement, sans examens, sans diplôme, sans jury, même pas au mérite, ils se permettent de régenter le monde, de dire le vrai et le faux, le bien et le mal, le beau et le laid. Et pour se reposer de cet épuisant travail, ils prennent dix semaines de vacances par an !

Barbara adore le voir s'énerver contre ces inutiles qui n'ont que le mot déontologie à la bouche et qui truffent leurs discours de considérations éthiques, bref des emmerdeurs et des empêcheurs de présider en rond. « Je suis le patron, a-t-il l'habitude de conclure pour terroriser ses interlocuteurs qui ergotent un peu trop. Je suis en charge de cinq mille personnes qui n'ont pas envie de dépendre des humeurs de petits merdeux de journaleux. J'ai une boîte à faire fonctionner, moi ! »

Mais, depuis un an ce n'est plus seulement le patron qu'elle a en face d'elle. C'est aussi l'amant. Elle en profite :

— Jacques, il faut que tu augmentes le budget de Yaël pour ce magazine. C'est un sujet formidable. On va passionner les foules. Blank a été génial. Le problème, c'est que je le crois incapable de réussir un clonage. Ce n'est qu'une intuition, mais je pense être sur une piste qui ferait un scoop formidable. Ce serait une énorme pub pour la chaîne. Mais ça coûte cher. Même si tu n'y crois pas, fais-le au moins pour moi. J'ai besoin de retrouver le métier. Il faut que je parte avec une équipe en Ecosse et peut-être plus loin encore...

Lestrade, refroidi, sursaute :

– En Ecosse ? Voir des moutons, peut-être ?

– Tu ne crois pas si bien dire, mon petit loup. J'ai bien l'intention de faire l'interview d'une brebis. Pour son cinquième anniversaire. Une certaine Polly, tu te souviens ?

Le directeur de cabinet de la ministre de la Santé, Arnaud Littardi, vient de commander deux plateaux-repas à sa secrétaire. Il semble perdu dans son vaste bureau Empire peuplé de dossiers et de trois photos – celle de Chirac, réglementaire, une de Jospin avec lui, en campagne électorale, dédicacée, et une dernière, très sobre, d'Eric.

Barbara fait irruption, un bouquet de fleurs à la main.

– Pour décorer ton bureau, c'est tellement sinistre !

– Décidément, c'est tous les jours mon anniversaire ! Merci encore pour l'autre soir, Eric était ravi. On a si peu l'occasion de se détendre en société...

Barbara est très en forme. Arnaud le lui fait remarquer. Amoureuse ?

– Aimée, je crois, amoureuse, je ne sais plus. Mais surtout je travaille enfin sur du sérieux. Et ça, ça me motive. C'est justement la suite de notre discussion avec Yaël à propos des clones... J'ai du nouveau, je crois, un sentiment assez précis. Ça ne remplace pas un bébé, bien sûr... Mais ça c'est un autre problème. Dis à Eric que j'irai un jour m'allonger sur son divan pour lui en parler !

Ils se mettent à rire comme sur les bancs de Sciences-Po. Elle lui parle de son voyage à Genève, de sa rencontre avec Blank. Elle a l'intuition qu'il lui a menti et qu'il en sait beaucoup plus sur les perspectives de clonage humain. Bien que très favorable au principe, le biologiste prétend ne pas travailler dessus.

— New World Genesis ? coupe Arnaud. La société de Blank, ça me dit quelque chose...

Il fait chercher un dossier. Il le feuillette.

— C'est ça, une filiale du groupe Naturis, troisième groupe mondial pharmaceutique, basé à Zurich. Patron, Georg Hübner, surnommé le Bill Gates de la biotechnologie. Un malin...

— N'est-ce pas Naturis qui avait des parts dans l'ancien laboratoire de Blank, le GRI, le Glasgow Research Institute ?

— Exact. Et à ma connaissance, malgré le départ de Blank, c'est toujours d'actualité. Je pourrais demander des recherches plus fouillées sur Naturis, si tu veux. Mais ça prendra un peu de temps.

— Pas trop, Arnaud, je suis pressée maintenant.

— Ce n'est pas tout. Nous avons appris qu'un

consortium privé allait lancer une initiative l'année prochaine pour tenter de cloner un être humain, à des fins thérapeutiques, disent-ils. Une méthode en principe réservée aux couples stériles. On y retrouve des médecins de plusieurs pays et notamment un certain Panos Zavos, professeur de physiologie reproductive à l'Université du Kentucky, spécialiste de la stérilité masculine. Un de mes amis journalistes lui a parlé à Lexington. « On ne fait ça que pour aider ceux qui veulent avoir leur propre enfant biologique sans avoir à utiliser les ovules ou le sperme de quelqu'un d'autre », lui a-t-il dit. Pour l'instant, je le crois, mais je me méfie de son associé italien, le docteur Antinori, que tu dois connaître. C'est lui qui s'est spécialisé dans les enfants pour femmes ménopausées. Il a fait l'année dernière accoucher une Romaine de plus de soixante ans ! Tu vois, Barbara, tout espoir n'est pas perdu pour toi. Même une Sicilienne...

– Je t'en prie, Arnaud, tu es d'un goût douteux. A vrai dire, ces deux-là ne m'intéressent pas en priorité. Il y avait déjà eu il y a trois ans un médecin de Chicago, Richard Seed, qui jurait s'être lancé dans la course au clonage. Mais, en général, ceux qui parlent ne sont pas les plus dangereux. Ils ont besoin de publicité, pas d'argent. Or, je suis certaine qu'il y a de gros sous à la clé derrière tout ça. J'aimerais en savoir plus sur ce MacPherson, l'autre père de Polly. Tu aurais quelque chose à son sujet ?

– Et comment ! Ce type est toujours dans l'ombre. Blank et lui ont fait leurs études ensemble à Berkeley et ils ont rêvé d'avoir le Nobel. MacPherson vit aujourd'hui dans sa ville natale, à Glasgow, et il travaille toujours pour le GRI. Un sauvage, à ce qu'on dit. La ministre lui a déjà écrit deux fois pour lui poser des questions d'ordre éthique et l'inviter à participer à des conférences à Paris. Il n'a jamais répondu. Il refuse de parler de son travail à quiconque. Personne n'a jamais obtenu un mot de ce personnage, y compris au lendemain de la naissance de Polly. Un ours, et dangereux en plus. Il a même menacé un jour un photographe avec un couteau. C'est Blank qui parle pour eux deux. Toujours.

– Je sais. Notre correspondant à Londres a plusieurs fois essayé de l'interviewer. Vainement. Plus compliqué que Milosevic. Eh bien, figure-toi, moi, je le rencontre dans trois jours. Chez lui ! A Glasgow !

– Chapeau, Mata Hari ! Et comment as-tu fait ? Tu lui as envoyé ta photo ?

– Ça, mon petit vieux, je te le dirai plus tard quand ça aura marché. Si ça marche... Et tu sauras alors ce qu'est la 007 connection !

Violons celtiques. Rock gaélique. Le chauffeur de taxi sait s'y prendre pour amadouer les clients de l'aéroport de Glasgow. Barbara et son inséparable cameraman, Georges – ils ont toujours travaillé à l'américaine, sans preneur de son –, peinent à comprendre l'accent écossais qui colore les démonstrations d'amitié de leur mentor. Ils ont juste saisi que le nom même de MacPherson était un sésame : l'homme est la fierté de la ville.

Le chauffeur de taxi exhibe des coupures de journaux qui datent de la naissance de Polly, cinq ans plus tôt : une photo du beau Ian, le visage fermé, devant la brebis, aux côtés du professeur Blank, souriant, triomphant.

– Puisque j'ai l'honneur de vous conduire chez lui et que vous avez la chance de le rencontrer, vous lui direz que j'ai voté pour lui et que ces bâtards d'Anglais, on va finir par les sortir d'ici !

— Je le lui dirai.

— Et en France, qu'est-ce qu'on en dit, de l'indépendance écossaise ?

— On est pour, évidemment. Vous savez, nous et les Anglais !

— Eh oui, l'*Auld Alliance*, la vieille alliance franco-écossaise, on s'aime ! Allez, donnez-moi vingt livres et ce sera bon. Et vive Napoléon !

Après cette tonitruante entrée en matière, les deux journalistes comprirent le sens du mot douche écossaise. L'accueil de Maureen Blacksmith, l'assistante de MacPherson, allait en effet se révéler plus glacial encore que les bâtiments sinistres du Glasgow Research Institute, protégés du bruit par un grand parc enclos.

Cette rousse plutôt acide de trente ans, à la peau aussi blanche que la blouse, dévisageait Barbara de la tête aux pieds. Le temps sans doute de jauger une possible rivale. Il est clair qu'elle s'est annexé l'emploi du temps — et sans doute davantage — du célèbre chercheur. Le biologiste, malgré le rendez-vous pris de Paris, n'est pas là. Un message ? Barbara arrache avec difficulté une vague information à la laborantine.

Dans l'entrée, une grande affiche appelle les électeurs à voter pour le Scottish National Party. L'équipe de Canal Première n'a guère le loisir de la décrypter. Elle se retrouve bien vite sur le trottoir du GRI.

— Eh bien, Georges *my dear*, dit Barbara, en regardant passer deux petits vieux qui discutent en kilt, voilà une donzelle qui ne correspond pas tout à fait à l'idée que je me faisais de l'hospitalité écossaise...

— Si tu réservais aux hommes ton décolleté et ton sex-appeal, tu nous aiderais à progresser dans notre enquête. Souviens-toi de l'Afghanistan... A la réflexion, les talibans n'avaient pas tort de te voiler la tête, les bras et les jambes. Tu as vu le regard de vipère qu'elle te jetait ? Je suis sûre qu'elle se chope son docteur Jekyll. La prochaine fois, c'est moi qui lui parlerai. Tu verras comment on les dégèle, ces grandes bringues.

Sur ces délicieuses perspectives, Georges décida d'aller faire la tournée des pubs. L'interview ne semblait pas s'annoncer pour ce soir. Ils se retrouveraient à l'hôtel.

Barbara avait pris le bus pour s'imprégner de la mentalité locale et pour rejoindre le terrain de football que lui avait vaguement indiqué la sémillante Maureen.

La photo du journal à la main, la journaliste, parmi ces joueurs plus tout jeunes à l'entraînement, croit repérer Ian MacPherson dans les buts. Un beau mec, comme on disait entre filles à la rédaction, sûr de lui, un peu taciturne. Une splendide tignasse avec des boucles blond cendré, des yeux bleu clair, un peu délavés, une gueule taillée dans le roc. Plus près du cow-boy que du biochimiste-savant fou.

La partie s'achève... Barbara s'approche du professeur.

– Ian MacPherson ?

Il fait non de la tête et désigne du doigt l'arrière-gauche, imposant avec ses cent kilos et son mètre quatre-vingt-dix... Rien à voir avec la photo qu'elle tient à la main. Elle comprend que MacPherson se fiche d'elle et revient à la charge. Il marmonne :

– C'est vous, la copine de Sean ?

Encourageant. Il a fait l'effort d'aligner trois mots dans un français hésitant. Elle explique en effet qu'elle connaît un peu Sean Connery. L'acteur vient souvent à Paris avec sa femme Micheline. Ils ont dîné ensemble avec Lestrade pour un film coproduit par Canal Première et la MGM. Et c'est sur sa recommandation qu'elle l'a contacté (la fameuse James Bond Connection...). MacPherson et Connery sont tous les deux membres actifs du Scottish National Party. Ian s'occupe de la section de Glasgow ouest.

Il s'excuse à peine de ce rendez-vous manqué, la fait attendre pendant qu'il prend une douche et lui propose, sans enthousiasme, d'aller avec ses copains d'entraînement au pub du coin.

– Et le foot, vous aimez, au fait ?

Barbara adore, bien sûr.

– Faudra juste que vous m'expliquiez les règles du jeu, dit-elle en riant, pour essayer d'amadouer son interlocuteur.

Au Red Bull, il n'y a que des fanions et des photos des Glasgow Rangers. L'ambiance est chaude,
bruyante. Barbara ne comprend pas un traître mot
aux histoires probablement très drôles que raconte,
avec un accent à couper au couteau, Mike Ferguson,
le gros baraqué de tout à l'heure. Il semble très
proche de MacPherson. Retrouvant ses réflexes
d'investigatrice, Barbara essaie donc de se le mettre
dans la poche. Plutôt tendre sous des aspects bour-
rus, il rugit quand on lui parle du Celtic de Glasgow,
l'ennemi juré de son club. C'est manifestement le
petit ami de la serveuse du Red Bull, une bonne
fille, un peu joufflue, l'air décidé, une forte poitrine
qui s'agite sous son tee-shirt à la gloire des Rangers.

Mike la présente :

– Polly, ma copine.

Barbara se tourne vers Ian MacPherson qui ne dit
rien.

– Polly, comme la brebis, c'est une blague ?

– Non, non, répond Ferguson en rigolant. C'est son prénom. Comme Polly Magoo.

La serveuse acquiesce. Elle a l'air tout ce qu'il y a de sérieux. Barbara voit une ouverture, en profite pour tenter, mine de rien, d'interroger Ian sur les rumeurs qui circulent au sujet du premier clone humain. MacPherson se défile, se détourne ostensiblement d'elle, boit bière sur bière, emprunte un violon et lance une mélodie. Mike entonne un chant écossais repris en chœur par le pub tout entier.

Barbara sait désormais qu'il lui faut patienter. Elle est beaucoup moins optimiste sur les chances d'une véritable interview, face à la caméra, mais elle a connu jadis, en Syrie et en Libye notamment, des situations autrement plus périlleuses.

Les femmes ne sont guère nombreuses de ce côté du comptoir. La journaliste essaie de se fondre dans l'ambiance, se met à son tour à la Guinness, grignote des chips et regarde les hommes jouer aux fléchettes. Quand vient le tour de MacPherson, elle applaudit bruyamment puis s'approche de lui pour le féliciter.

– On peut parler un peu ?

Il accepte enfin et l'entraîne dans un petit recoin du pub, plus tranquille. Elle a à peine le temps de s'asseoir qu'il tente de la renverser dans son fauteuil en lui mettant la main entre les cuisses. Elle redresse comme elle peut la masse de viande saoule qui s'est abattue sur elle et lui balance une claque magistrale sous les rires des clients du Red Bull.

Elle file sans demander son reste. MacPherson, secoué, vexé peut-être, retourne aux fléchettes.

Le professeur MacPherson a déjà tout oublié. Dans la nuit, il travaille à son bureau. Il chantonne et dessaoule en douceur. La pièce est faiblement éclairée, truffée d'appareils, d'ordinateurs, de microscopes géants, de canules et d'éprouvettes.

On gratte à la porte.

Maureen Blacksmith entre, va vers son patron, s'installe derrière lui, lui caresse les cheveux, frotte son ventre contre sa nuque. Elle est nue sous sa blouse. Elle dégrafe un bouton, puis deux, puis trois. Elle connaît les gestes qui l'excitent. Il ne la regarde pas. Il a les yeux dans le vague. Elle attend que le désir monte, se penche sur lui, ouvre sa braguette. Elle s'occupe de lui comme le ferait une professionnelle. Il ne la regarde toujours pas. Elle lui prend le poing, essaie de l'introduire dans son sexe, hurle de douleur et de plaisir.

– Je veux l'aspirer ! crie-t-elle.

Il ne répond pas, se laisse faire. Elle gémit de plus belle. C'est elle qui orchestre cette parade d'amour avec des cris si forts qu'ils paraissent feints.

Elle se donne toute seule du plaisir. La main de Ian MacPherson n'est plus qu'un instrument. Il se laisse glisser dans son fauteuil et roule par terre assez lourdement. Il ne se relève pas. Il dort.

Encore secouée de spasmes, elle le contemple, réjouie. Maureen Blacksmith est une mante religieuse.

Dans sa chambre d'hôtel, Barbara savoure le petit déjeuner qu'on lui a servi au lit, comme Umberto Pozzi le faisait pendant son enfance.

Porridge, œufs frits, marmelade d'oranges, Earl Grey, on est bien en Ecosse. Elle finit de parcourir le *Glasgow Herald* lorsque Jacques Lestrade l'appelle sur son portable. Il veut la rejoindre, prendre l'avion privé de la chaîne, la récupérer et passer avec elle le week-end aux Shetland ou aux îles Orcades. Il s'est arrangé à la maison...

– Et mon cameraman, j'en fais quoi ? Il tient la chandelle peut-être ?

Depuis le lundi des analyses, son amant n'est pas à la fête. Plus il fait le beau, multiplie les marques d'attention, plus elle le repousse. Elle n'est plus sûre de vouloir vivre cette histoire bancale, ce ménage à trois, cette bacchanale incestueuse avec un homme qui pourrait être son père et qui, pour l'heure, est d'abord et surtout son patron.

Le portable sonne à nouveau. Elle le houspille encore. Au bout du fil, une gêne, un accent écossais. C'est Ian MacPherson qui, un peu pâteux, s'excuse pour son comportement de la veille.

— Je n'étais pas dans mon état habituel. Je ne me suis rendu compte de rien. C'est Mike qui vient de tout me dire. Ma gifle, je l'ai bien méritée. Ne répétez pas ça à Sean. Et pour la peine, je vous invite à déjeuner.

Barbara, glaciale, demande quand ils peuvent enfin réaliser l'interview qu'il a promise. Il se sent obligé de s'exécuter sur-le-champ. Rendez-vous est pris dans une demi-heure au Glasgow Research Institute.

Une croix de Saint-André, bleu et blanc, orne le petit drapeau posé sur la table. Le Saltire, emblème du Scottish National Party.

Ian MacPherson s'en veut déjà d'avoir accepté le rendez-vous sous la contrainte de la galanterie. Il allume cigarette sur cigarette, grogne conmme un putois. Maureen se précipite dans la pièce ; il la renvoie un peu rudement. Elle s'éclipse à contrecœur en jetant des regards noirs à l'importune qui agace son patron.

L'interview devait porter sur le nationalisme écossais et l'éventualité d'une indépendance à l'égard du puissant voisin tutélaire. C'est du moins ce que Sean Connery lui avait dit, c'est à cette condition qu'il avait accepté. En lui posant les inévitables questions stupides sur le clonage après deux ou trois minutes consacrées à l'Ecosse, Barbara Pozzi a abusé de sa confiance.

Ian MacPherson se lève, tempête. Barbara reste de marbre tandis que Georges, impressionné par ce tonnerre qui gronde, fait mine de ranger son matériel.

Le biologiste sait qu'il a raison de détester les journalistes. Des fouille-merde. Tricheurs, voleurs d'images et d'intimité. En souvenir de sa grossièreté de la veille, il se retient de les mettre dehors. Barbara ne s'est pas levée. Imperturbable, elle a remarqué un cadre et une photo sur le bureau du savant. Elle essaie de l'imprimer dans sa mémoire.

MacPherson est déconcerté. La journaliste n'a pas l'air troublée par la scène qu'il lui fait. Il se radoucit. Si elle veut filmer le laboratoire, les installations, elle le peut. Mais il ne lui dira rien sur ses travaux. Rien, vraiment rien. Il ne l'a fait pour personne jusqu'ici. Barbara sourit un peu, jouant les candides. Elle lui fait du charme, étire ses jambes dans la plus pure tradition du numéro classique de séduction. Elle a tout appris en regardant Lauren Bacall et Greta Garbo, ses idoles.

Lui aussi a vu les mêmes films. Il la déshabille du regard, il est embarrassé et il aime ça, comme pris au piège de sa colère retombée pour laisser place à une émotion avivée, trop bien connue des hommes.

D'un ton hésitant, il accepte de répondre à une question pourvu que ce soit *off the record*. Une seule. Barbara va droit au but :

– Est-il possible aujourd'hui de cloner un être humain ?

– Qui vous dit que ce n'est pas déjà fait ? répond-il d'une voix presque blanche.

– Travaillez- vous encore avec le professeur Blank ? relance Barbara qui veut pousser son avantage.

– Non, je ne suis pas marié avec lui, répond-il, plus agacé par ce nouveau manque de parole de la journaliste que par la question elle-même.

– Serez-vous le premier père du clone humain ? insiste-t-elle.

Il la fusille du regard, se lève et l'envoie promener.

En quittant son bureau, il lâche quand même, de loin, à peine audible :

– Même si je le pouvais, je ne le ferais pas.

Ian MacPherson n'est pas revenu dans son bureau. Barbara adresse un clin d'œil à Georges. Elle l'a eue, sa réponse. Car, bien entendu, ils l'ont filmé et enregistré.

— A la question (une seule, mademoiselle, promis) : Est-ce que vous voulez coucher avec moi ? j'ai idée qu'il répondrait : « Oui, tout de suite ! »

— Vous êtes tous pareils, les mecs. Allons, ne perdons pas de temps. Il nous a autorisés à filmer son labo. Dépêche-toi, il pourrait bien changer d'avis. Je ne sais pas s'il a envie de coucher avec moi, mais j'ai l'impression que je l'agace...

Georges, qui aimait bien ces rôles de Sancho Pança et de Leporello auprès de sa belle star – il en avait le physique un peu rondouillard –, s'activa autour des cornues, des microscopes et des schémas au tableau noir. Ils s'autorisèrent même à filmer par la fenêtre l'enclos où Polly, la vraie, pas la serveuse, broutait avec ses jeunes compagnes. La brebis bêla fort à propos pour le micro directionnel. Etait-ce la bonne, était-ce son clone ? Si ce n'est toi, c'est donc ton frère, répondrait le loup. Après tout, quelle importance ? Polly avait déjà été filmée sous toutes les coutures à sa naissance. Georges n'avait rien de bien original au bout de sa caméra.

Barbara le poussa du coude :

– Filme plutôt ça, s'il te plaît. En gros plan.

Il s'agissait de la photo jaunie du cadre qu'elle avait observée pendant l'interview : deux garçons, adolescents, au bord de la mer.

Il fallait faire vite. Déjà, MacPherson, agacé de ce sans-gêne, énervé par ces questions pièges et ce petit bonhomme qui tirait les stores et déplaçait les lampes pour obtenir de meilleurs angles, revenait prendre possession de ce bureau violé par les deux intrus. Maureen Blacksmith l'accompagnait. Un dragon du Loch Ness. Elle ne le lâchait pas du regard. Amoureuse bien sûr. Prête à tout afin de le garder pour elle seule.

– Vous avez un rendez-vous qui vous attend dans le couloir, susurre-t-elle, aigrelette, à l'oreille du professeur, suffisamment fort pour que l'équipe de Canal Première comprenne qu'il est temps de prendre congé.

Il n'y a évidemment personne dans le couloir.

Mais Maureen les pousse vers la sortie. C'est à peine si Barbara a le temps de tendre la main à Ian. Elle ne sait pas pourquoi le savant, le regard soudainement triste, lui a dit : « A bientôt. » Et l'a fixée si intensément.

La porte s'est refermée.

Piquée par la curiosité, par cet appel qu'elle a senti chez Ian, elle fait un signe discret à Georges et, suivant à la lettre la proclamation de foi d'un de ses illustres confrères – « Nous sommes tous des concierges ! » – elle écoute à la porte.

– Je t'interdis de me dicter ma conduite, crie Mac-Pherson en frappant du poing sur la table. Je fais ce que je veux !

La voix de la laborantine est un peu moins audible.

– Il faut que tu l'appelles. Juste pour le prévenir, lui dire. Cette fille est un flic, un véritable flic, je m'y connais. Elle ne s'intéressait pas le moins du monde à tes activités politiques. Je t'assure. Elle voulait savoir si...

– Non, je ne l'appellerai pas, la coupe-t-il en haussant la voix. Je n'ai aucune raison. D'ailleurs, je reçois qui je veux. Quand je veux ! Pourquoi faudrait-il toujours que je lui demande la permission de recevoir quelqu'un ? Toujours l'appeler pour lui dire avec qui je prends un café, une bière ! Ou avec qui je couche, ma chère Maureen ! hurle-t-il. Ça fait vingt ans que ça dure ! C'est pire que la prison !

Barbara et Georges devinent que l'assistante est en train de se faire charmeuse.

– Une prison douce, avec une gardienne qui t'adore, tout de même...

Un grand fracas épouvante les journalistes. Maureen a dû tenter d'embrasser son patron ou de le caresser. Il s'est dégagé.

– Tire-toi, salope ! crie-t-il.

Barbara, qui ne prend pas le compliment pour elle, ne se le fait pourtant pas dire deux fois. Elle décampe avec son fidèle Georges sur les talons.

Yaël Misrahi est bouleversée. Le petit Cambodgien qu'elle doit adopter n'a toujours pas son autorisation de sortie. On l'a fait attendre une semaine. Elle a renoncé à son voyage.

La voilà donc dans son bocal naturel : Canal Première. Heureusement, Barbara est là pour lui remonter le moral. Les deux femmes, plus complices que jamais, se retrouvent dans leur critique, amusée et indulgente, des hommes. Yaël est tombée amoureuse de son professeur de gymnastique. Enfin, amoureuse... depuis quatre jours.

— Et toi, en ce moment ? demande-t-elle.

— Moi, rien. Enfin ! rien de sérieux, répond Barbara.

— Des aventures, c'est ça, comme d'habitude ?

Barbara est évasive

— Oui, comme d'habitude. Non, enfin presque...

— Un homme libre, j'espère, au moins...

– Plus ou moins... Mais de toute façon, je déteste les hommes libres ! Je suis libre pour deux...

Elles doivent aller voir le patron dans son bureau pour lui parler du budget du magazine. Yaël continue à parler dans les couloirs, infatigable et clairement inquisitrice :

– Et au fait, Lestrade, tu connais sa femme ?

– Non, je sais qu'il en a une, mais je ne l'ai jamais rencontrée.

– Personne ne la connaît, il paraît qu'elle lui fait des scènes en permanence. Un calvaire pour lui, tu imagines... On dit même qu'elle a voulu le quitter l'année dernière...

Elles sont presque arrivées devant le bureau du président.

Au dernier moment, d'un air faussement innocent, Yaël ne peut s'empêcher de lui demander :

– Moi, je le trouve plutôt mignon, Lestrade. Je ne suis pas la seule ici. Et toi ?

– Comme les autres, vois-tu, répond Barbara après un moment.

Yaël n'avait pas tort de trouver son patron mignon. Aujourd'hui, Jacques Lestrade, tout miel, semble prendre un extrême intérêt au « Soixante minutes » que prépare Barbara. La date définitive est fixée, on va avertir la presse, faire un peu de battage.

« Le grand retour de Barbara Pozzi à l'antenne. Révélations exclusives sur la menace qui plane au-dessus de nos têtes en ce début de troisième millénaire. » La chaîne en a besoin. Les derniers sondages du deuxième trimestre indiquent un léger fléchissement de l'audience. Un travail d'investigation comme celui-là, c'est toujours bon pour l'image de Canal Première. Une campagne de publicité dans les journaux, un parfum de scandale, à coup sûr, la couverture de deux ou trois magazines de télévision... Un sujet en or, en effet. La passion monte depuis la conférence des chefs d'Etat proscrivant le clonage humain. Tous les soupçons semblent se tourner vers Richard Blank, disent les journalistes scientifiques bien informés. Le grand public commence à son tour à se passionner.

— Et MacPherson ? demande Lestrade, faisant mine de n'avoir pas eu de nouvelles de Barbara.

— Rien à en tirer, répond-elle sèchement. Muet comme une carpe. Yaël visionnera la cassette demain, mais c'est vraiment sans espoir.

Le président, qui ne s'occupe pas habituellement de ces questions d'intendance, promet d'augmenter le budget de production du magazine. Barbara pourra, comme elle le souhaite, partir pour Rome et faire parler le Comité d'éthique du Vatican ainsi qu'un cardinal très proche du pape. Et, au passage, rencontrer ce fameux docteur Antinori.

– Le pape, j'ai déjà fait, avance distraitement Barbara comme s'il s'agissait de commenter de vieilles diapos de vacances. Et il refuse de s'exprimer directement sur le sujet. Comme tous les Polonais, il a une pensée circulaire qui lui demande une heure avant de toucher le cœur du problème.

Yaël persifle :

– Ça sert tout de même d'être issue d'une vieille famille catholique sicilienne et d'avoir un pape installé à Rome !

– Surtout une famille communiste, en effet, s'amuse Barbara. Pour l'interview de Sharon, on passera par toi, ne t'inquiète pas, Yaël.

Jacques Lestrade, soudain grave, intervient :

– Il faudrait que je vous parle deux minutes, Barbara...

Yaël s'éclipse.

Lestrade prend la main de sa maîtresse.

– Tu vois, ton budget, ça s'est bien passé. Tu es contente ?

Elle l'embrasse.

– Et je te réserve une surprise pour bientôt..., ajoute-t-il. Tu verras, du jamais-vu pour un magazine.

Il se propose de venir passer la soirée chez elle, dit qu'il s'est arrangé avec sa femme, qu'il apportera le champagne et les huîtres. Elle hésite, se dit fatiguée, il insiste, ils ne se voient jamais, elle finit par accepter.

— Mais pour le bébé, pas la peine que tu te fatigues, il y a empêchement. A ce soir...

Elle s'apprête à sortir mais au moment de poser la main sur la poignée de la porte, elle se retourne.

— Au fait, ta femme, elle est au courant ? Au courant que tu la trompes ?

— Je ne sais pas, répond Lestrade, pris de court. Pourquoi me demandes-tu ça maintenant ?

— J'ai le droit de savoir, non ? Elle a deviné avec qui ?

— Je ne crois pas. Je ne crois rien. Elle est bizarre, tu sais...

— Et pourquoi la gardes-tu si elle est si bizarre ?

Il la regarde fixement dans les yeux. Depuis quelques jours il a troqué ses lunettes pour des verres de contact. Il est prêt à toutes les séductions pour la garder, il se sent en danger, la devine prête à le quitter à tout moment.

— Je t'ai dit que tu aurais bientôt une bonne nouvelle, de ce côté-là aussi. Très bientôt.

— Alors, il t'a demandée en mariage ? dit en riant Yaël à Barbara qui vient de revenir dans son bureau.

— Parfaitement, ironise son amie. On n'est simplement pas d'accord sur le nombre d'enfants. Il en veut quatre et moi cinq...

— Et il divorce quand ?

Barbara a compris que Yaël a deviné. Pour la première fois elle évoque donc sa liaison avec Lestrade. C'est bien avec lui qu'elle a essayé de faire un enfant, elle ne l'a pas trompé depuis un an, elle en avait assez du nomadisme. Elle le croit fou amoureux, il jure avoir envie d'être père une quatrième fois.

Yaël lui conseille de faire attention. Toute la chaîne a remarqué que Lestrade était fasciné par Barbara depuis quelque temps. On jase. Sa femme est, paraît-il, capable du pire. Elle pourrait bien lui crever les yeux ou la vitrioler.

— Et puis, ajoute Yaël, tu n'es sans doute pas la

première à qui il récite son boniment. Quand on quitte le pétrole pour le show-business, ça tourne la tête. On m'a parlé d'une actrice au moment du rachat de la Metro Goldwyn Mayer... Séduisant comme il est...

– Tu n'as rien d'autre à me dire ? se fâche Barbara. J'en ai rien à foutre du qu'en-dira-t-on. Et si tu le veux bien, changeons de sujet.

Bonne fille, Yaël revient au magazine qu'elles préparent. Elle va essayer de contacter Georg Hübner, le patron de Naturis, le groupe pharmaceutique qui finance Blank. Elle fera jouer les relations de Jean-Marc, le chef du service économique, pour tenter d'obtenir une interview avec Barbara.

Les deux amies se quittent assez fraîchement.

Au siège de Naturis, à Zurich, tout n'est que verre et acier. A l'intérieur comme à l'extérieur de l'immeuble ultramoderne. Dans le hall très design, un immense slogan au-dessus du bureau des hôtesses : NATURIS POUR PROTÉGER LA VIE, POUR L'EXPLORER SOUS TOUTES SES FORMES. A côté, une gigantesque mappemonde scintille pour évoquer les ramifications internationales de la firme. Comme sur le plan électrique du métro parisien pour localiser les stations, il suffit d'appuyer sur un bouton afin de voir apparaître les implantations de chaque subdivision : chimie, pharmacie, imagerie médicale, communication ; plus de trois cents points lumineux dans le monde. Des cotations à Wall Street, Toronto, Singapour, Tokyo, Londres, Francfort et bien sûr Zurich.

Corseté dans son éternel costume trois-pièces, le professeur Richard Blank est escorté par une secrétaire qui se tient à bonne distance de lui dans l'ascenseur. Il lui fait un peu peur, il a l'air si sévère, presque machiavélique.

Quand l'ascenseur s'arrête au quatorzième étage, le dernier, et cesse de distiller les vieux standards de Jean-Michel Jarre, la porte s'ouvre et c'est Georg Hübner lui-même, le président de la firme, qui attend son estimé visiteur :

– Professeur Blank, quel plaisir ! dit-il, très affable.

Quarante-cinq ans peut-être, pas encore cinquante en tout cas, un faux air de play-boy un peu fade, Hübner multiplie les attentions, précède le biologiste dans son bureau, le fait asseoir devant une petite table et lui offre un whisky que l'autre refuse.

– Alors, comment vont nos affaires ?

– Le mieux du monde, répond Blank. Nous serons prêts d'ici quelques semaines. Les dernières expérimentations sont très encourageantes. Reste tout de même le problème juridique...

Hübner paraît confiant :

– Tant que la Suisse ne ratifie pas leur stupide accord, tout ira bien. Et dans le pire des cas, nous irons à Guernesey ou à l'île de Man... Vous savez que Londres a adopté la même position que Berne. Ne vous inquiétez pas pour ça, je vous le garantis, j'ai mis mes juristes sur le dossier.

Blank insiste :

— Il faut faire vite. On commence à nous soup-
çonner. La presse. Vous savez comment sont les journalistes...

Hübner, légèrement ironique, le reprend :

— *Vous* savez comment ils sont, mon cher Blank.
Vous aimez bien les fréquenter, je crois. On m'a dit
que vous avez récemment reçu la star de Canal Première. C'est assez normal qu'avec vos déclarations
ils se fassent un peu de souci, non ? Moi, je ne les
reçois jamais. Jamais...

Hübner allume un cigare et reprend, avec un poil
d'agacement, mais aussi d'inquiétude :

— Et la fille, je veux dire la mère, la future mère,
elle est toujours d'accord ?

Blank, qui a compris la leçon de modestie, fait
signe que oui.

— Alors tout va bien, enchaîne Hübner, ravi. Il
n'y a plus qu'à attendre. La naissance d'un petit
Blank ! Quelle histoire tout de même ! Félicitations,
professeur ! Mais dépêchez-vous, le consortium de
Panos Zavos et de Severino Antinori aimerait bien
vous griller la politesse...

A cet instant, la secrétaire qui vient d'entrer chu-
chote quelques mots à l'oreille de son patron :

— Yaël comment ? dit-il suffisamment fort pour
que son visiteur l'entende. Une demande d'interview
pour Canal Première ? Comme d'habitude, dites que

je ne suis pas joignable en ce moment... Au fait, Canal Première, vous avez dit ?

– Oui.

Hübner reste un instant songeur.

– Ça me fait penser qu'il faut fixer la date de mon voyage à Paris. Voyez avec le secrétariat de Lestrade ce qui est possible. Et demandez-leur qui est cette Misrahi.

La secrétaire quitte le bureau.

– Mais je ne vous chasse pas, cher ami, dit Hübner à Richard Blank qui s'était levé pendant ce conciliabule.

Ce qui n'empêche pas le patron suisse-allemand de raccompagner fermement le professeur vers l'ascenseur.

Un peu gêné, Blank tente une ultime requête. La seule à vrai dire qui justifiait le déplacement Genève-Zurich.

– Et pour le Nobel, vous me promettez que...

– Les premiers échos sont très favorables, répond Hübner, chattemite. Je vous assure que si vous me fabriquez des petits Blank à répétition, le Nobel est à vous. Et à vous seul, bien sûr. Le Nobel et la gloire, professeur. Mais ça, pas la peine de le dire aux journalistes si vous en rencontrez à nouveau, n'est-ce pas ? Ni à votre ami MacPherson !

L'ascenseur attendait patiemment. Il n'est destiné

qu'à l'usage personnel du président. Hübner donne une poignée de main chaleureuse à son visiteur et appuie lui-même sur le bouton.

On a le sentiment qu'il peut faire passer qui il veut à la trappe.

Il fait très chaud à Rome, ce matin de juillet. Le ciel est laiteux.

Dans l'ombre d'un petit appartement du Trastevere aux couloirs parcourus de modèles réduits de trains électriques et de rails dans lesquels elle se prend les pieds, Barbara retrouve l'appartement où elle a vécu. Sa chambre de jeune fille, ses livres – des Lagarde et Michard, des livres de poche, la collection Nelson des œuvres en prose de Victor Hugo –, ses disques aussi. Sur son vieil électrophone, elle écoute une chanson sirupeuse et rauque de son adolescence. Au-dessus du Teppaz, une photo d'elle, au Lido probablement, jeune lycéenne en maillot de bain, un peu plus forte qu'aujourd'hui, avec un garçon brun qui la prend par les épaules. En bas à droite, écrit à la main : *Per Sempre – Emilio*. Pour toujours... Elle a vu... Une grande carte du monde – quatre mètres sur deux – recouvre deux des murs de sa chambre.

Pendant toute son adolescence, elle a dormi à l'ombre du monde qui la faisait rêver, le nez sur les îles Falkland. Chaque fois qu'elle retourne à Rome, elle y pique des petites épingles rouges pour marquer les endroits qu'elle a visités, même furtivement, même le temps d'une escale. Elle en ajoute trois ou quatre. L'année a été bien calme. Il vaut mieux. La carte est presque entièrement recouverte.

Elle tressaille, se retourne. Son père se tient dans l'embrasure de la porte.

— Je suis si heureuse d'être revenue, papa. Rien n'a changé. Merci de m'avoir laissé mon enfance.

Il l'entraîne au salon pour un café.

Venue interviewer le porte-parole du Vatican, elle en profite pour passer le week-end avec son père. Ils parlent longuement, tendrement, de l'un, de l'autre, se livrent comme jamais ils ne l'ont encore fait.

Il lui raconte son amour unique, la mère de Barbara, Madeleine-France, partie quand Barbara venait d'avoir un an. Il a tourné les yeux vers cette photo d'elle, si belle et si arrogante sur la cheminée, qui ressemble tant au portrait de Barbara dans sa chambre. Après ce coup du sort, il a connu d'autres femmes mais n'a vécu avec aucune d'entre elles. Il se vante même de ne jamais en avoir ramené à la maison, la nuit, par fidélité à la mémoire de celle qui l'avait pourtant trahi, mais aussi pour ne pas perturber la petite Barbara, qui n'aurait rien compris à ce défilé de femmes dans sa vie.

Quarante ans après, il n'a rien oublié. Lui, l'obscur cheminot, déjà communiste. Elle, la petite Française riche, en vacances à Rome. Leur rencontre au pied de l'escalier de la Piazza di Spagna, le coup de foudre. Elle tombe enceinte. Ils se marient tout de suite. On ne badinait pas avec l'honneur chez les Siciliens à l'époque, ni à Neuilly. Puis un jour, le trou noir, elle disparaît. Un jeune ingénieur français rencontré dans une soirée... Elle abandonne fille et mari et ne donne plus jamais de nouvelles. Umberto Pozzi ne s'est jamais remis de cette absence et c'est sans doute pourquoi il donne tant d'amour à sa fille chérie.

Barbara, elle aussi, a besoin de parler. Cette mère lui a manqué, surtout à l'adolescence. Mal dans sa peau, elle se jeta alors dans les bras d'un camarade du lycée Chateaubriand, le lycée français où son père l'avait inscrite : un jeune Italien de très bonne famille. Premiers rapports sexuels, un bébé qui s'annonce, un avortement sordide payé par la mère du garçon, à l'insu d'Umberto que Barbara voulait épargner et dont elle redoutait la colère. Mal pratiquée, l'interruption de grossesse est sans doute à l'origine de ses difficultés pour avoir un enfant.

Un enfant

Cette fois-ci, c'est lui qui pleure. Dix jours après leurs adieux à Roissy, Barbara redevient la protectrice de son père. A elle de lui tenir la main, de lui frotter le haut du dos comme elle le faisait quand elle était petite fille et qu'elle en profitait pour renifler sa nuque qui sentait si bon l'eau de Cologne...

La rumeur de la ville monte jusqu'à ce bureau pourtant bien protégé du Vatican. Un cardinal en grand habit répond aux questions de Canal Première.

– L'âme, élément constitutif de tout sujet appartenant à l'espèce humaine, qui est créée directement par Dieu, ne peut être ni engendrée par les parents, ni produite par la fécondation artificielle, ni même clonée, affirme, solennel, le porte-parole du Vatican.

– Vous voulez dire par là, en langage simple, que le clonage ne menace en rien l'existence de Dieu ? essaie de résumer Barbara pour ses téléspectateurs.

Elle demande à Georges d'introduire une cassette dans le magnétoscope qu'ils avaient pris soin d'apporter dans le saint des saints.

– Alors vous approuvez les propos du professeur Blank ?

La cassette retransmet l'image et les propos de Blank en costume de jardinier, expliquant pourquoi il veut ressembler à Dieu et ne pas hésiter à modifier la nature pour y parvenir. Le cardinal réagit :

— Certainement pas. Vous m'avez mal compris. L'Eglise bien entendu condamne vigoureusement cette manipulation qui réduit la signification spécifique de la reproduction humaine. On assiste à travers le clonage à une exploitation radicale de la femme, confinée à quelques fonctions purement biologiques, que ce soit le prêt d'ovules ou celui de l'utérus. Un jour, on imaginera des utérus artificiels et ce sera la dernière étape de la construction en laboratoire de l'être humain. Quelle perspective pour nos jeunes générations...

La cassette continue à défiler sans le son. Blank, la roseraie, le sécateur, la Bible, les huit enfants... Tant d'impudence, tant d'indécence, Barbara ne s'y fait décidément pas.

— Merci de parler au nom des jeunes, monseigneur, persifle-t-elle. Mais l'avortement, au fait, vous le condamnez toujours si je ne me trompe ?

— Ne confondez pas tout, mademoiselle...

Le cardinal s'aère avec *L'Osservatore romano* en levant les yeux au ciel. Barbara a sa séquence...

Barbara flâne dans Rome. Mélancolique. Ses pas l'ont conduite devant les portes du lycée Chateaubriand. C'est la sortie des classes, des enfants la bousculent, elle fait mine de chercher l'un d'entre eux à l'intérieur, entre dans la cour, reconnaît les préaux, se souvient de l'angle mort où, pour la première fois, Emilio l'a embrassée à pleine bouche.

Son portable sonne. C'est Lestrade.

– Qu'est-ce que ces cris d'enfants ? demande-t-il, apeuré, comme toujours quand elle est loin et qu'il la sent insaisissable.

– J'en veux un, Jacques. Fais-m'en un. Tu me manques. Il y a trop de nostalgie autour de moi.

Il est troublé mais, comme chaque fois, sa pudeur reprend le dessus.

– Je ne peux pas te parler, le comité de direction va commencer, mais moi aussi, je t'...

Il a dû dire « je t'aime », mais d'un ton si gêné...

Elle s'arrête pour boire un cappuccino dans un petit café qu'elle connaissait bien à l'époque. Le même patron tient la même caisse.

— Vous n'étiez pas déjà là, il y a vingt-cinq ans ? lui demande-t-elle par acquit de conscience.

— Ça vous étonne ? A Rome, rien ne change, allez donc voir sur le forum !

Au bar, elle feuillette un annuaire téléphonique, note une adresse sur le ticket de caisse et se dirige vers la Via Del Corso, chez le célèbre docteur Antinori, l'homme qui fait accoucher des sexagénaires ...

L'entretien est bref. D'autres journalistes se bousculent dans l'antichambre et, exceptionnellement, le médecin a refusé d'être filmé. Lyrique, il fait référence au conte d'Aladin :

— Le génie est déjà sorti de la lampe. Mais rassurez-vous, mademoiselle, notre consortium mettra au point des principes directeurs et d'autres garde-fous pour que notre technologie ne soit pas à la portée de tous ceux qui voudraient se cloner sans contrôle.

— De toute façon, j'imagine que la sélection se fera par l'argent, insinue Barbara.

— Pas nécessairement. Au début, le coût d'une telle procédure pourrait tourner autour des cinquante mille dollars. Mais nous espérons pouvoir le rabaisser au niveau de celui d'une fertilisation *in vitro,* entre dix mille et vingt mille dollars.

— Cent mille francs, tout de même, ce n'est pas donné !

— C'est le prix du progrès, chère mademoiselle. Et de l'amour..., ajoute-t-il avec un sourire faux. Mais pour une grande journaliste comme vous, je peux faire un prix... Voilà, pour tous les détails pratiques, voyez avec mon assistant, à l'étage du dessous. Au revoir, mademoiselle.

Passablement écœurée par cet entretien, Barbara se retrouve dans l'escalier et descend un étage.

Une plaque lui donne un coup de cœur : DR EMILIO LOMBARDINI, GYNÉCOLOGUE. Elle sonne, n'a pas rendez-vous bien sûr et le viatique de Severino Antinori ne suffit pas pour en décrocher un dans l'heure. Elle prétexte une urgence médicale.

— Dans ce cas...

La secrétaire, qui ne lui a laissé guère d'espoir en l'accueillant, pénètre dans le cabinet et promet, en ressortant, que le médecin fera tout pour la recevoir entre deux patientes.

— Madame...

Barbara n'hésite pas.

— Madeleine-France Duval. Madame Duval.

Le nom de sa mère.

Vingt minutes plus tard, la secrétaire médicale fait entrer « la *signora* Duval ».

Le médecin la regarde à peine. C'est bien lui,

Emilio, l'amour de ses seize ans. Un grand type, brun, un peu bouffi maintenant, légèrement dégarni, la peau mate. La quarantaine, grand bourgeois trop bien nourri.

Il lui demande la raison de cette urgence.

— Des saignements à répétition, dit-elle en commençant à se déshabiller.

Lombardini, vaguement intrigué, l'observe maintenant du coin de l'œil. Un léger trouble, une ride se dessine sur son front.

— Voyons cela, dit-il.

Elle s'assoit sur la table d'examen sans le regarder, rabat en avant ses longs cheveux noirs pour mieux se cacher le visage, fait mine de dégrafer sa jupe et s'allonge, magnifique et étrangement offerte. Le médecin est surpris, embarrassé.

— Vous ne vous souvenez plus de ce qu'il y a là-dessous ? demande-t-elle en le narguant.

Il a un brusque mouvement de recul.

— Barbara ! crie-t-il d'une voix étranglée par la gêne.

— Ai-je à ce point changé ?

Le front désormais dégagé, elle le contemple d'un air conquérant, redressant légèrement ses jambes dans les cale-pieds et s'accoudant sur la table d'examen. Bien que debout, en position de domination, il a tout simplement l'air d'un imbécile.

– Non, vous... tu n'as pas changé. Tu es encore plus belle qu'à seize ans, moins en chair, plus, plus ... comment dire ?

– Normal, Emilio, on m'a retiré un peu de chair il y a vingt ans, tu dois t'en souvenir. Ça change une femme. C'est probablement grâce à toi qu'aujourd'hui je ne peux plus avoir d'enfants. Je voulais te remercier.

– Mais, Barbara, ce n'est pas vrai. Souviens-toi, nos parents...

– Tes parents.

– Mes parents, d'accord. Mais pour te protéger vis-à-vis de ton père. Je ne savais pas que tu tenais tant à ce bébé, et à moi.

– A toi, certainement pas. S'il existe, Dieu m'a fait un joli cadeau en m'évitant de t'épouser. Je vais te dire, Emilio, tu n'es pas seulement lâche. Tu as vieilli, terriblement vieilli. J'étais venue voir si tu ressemblais encore à la photo du Lido. Je suis comblée...

– Ne sois pas aussi mesquine. Je t'ai dit, moi, que je te trouve superbe. Je suis heureux de ta réussite à Canal Première – on vous reprend ici sur Telepiù –, et, si tu veux tout savoir, j'ai même des amis qui sont au courant à propos de nous deux. Je n'ai pas démenti.

– Et comment donc ! Tu n'as pas changé de ce point de vue. Toujours aussi romain... Moi, je démentirai jusqu'à mon dernier souffle. Se faire posséder par un gynéco qui donne la vie aux autres et qui me l'a retirée à moi, quelle honte ! *Ciao, docteur...*

De retour dans sa chambre, Barbara déchire la photo du Lido. Pour solde de tout compte.

Umberto Pozzi, qui regarde la télévision, tient à ce que sa fille sache qu'il s'est abonné au câble et qu'il ne se contente plus de rester fidèle aux programmes du troisième canal de la RAI, jadis confiés à la mouvance communiste. Il n'est pas peu fier de pouvoir capter les chaînes françaises et d'admirer sa star de fille.

Pour l'heure, elle est au téléphone avec Yaël. Un peu déprimée, elle ne voit plus très clair dans l'enquête. Le cardinal était convenu, trop attendu ; il ne dépare pas dans le tableau, mais ne fait pas avancer l'investigation. Quant au patron de Naturis, il ne s'est engagé à rien, il est clair qu'elles devront lanterner.

Yaël, qui est en train de visionner l'interview de MacPherson et de faire pousser le son de sa déclaration hors champ, en profite pour lui demander ce qu'est cet étrange plan fixe : un cadre, une photo, deux adolescents, deux jumeaux...

– Des jumeaux, tu en es sûre ? questionne Barbara.

– Certaine, répond Yaël. Des jumeaux et des vrais, on a fait faire un agrandissement.

Barbara réfléchit un instant.

– Je rentre immédiatement.

Umberto Pozzi est derrière elle quand elle raccroche. Il a compris que son oiseau migrateur va déjà le quitter.

En arrivant à Paris, Barbara s'arrête dans la grande librairie qui, non loin de chez elle, fait angle avec la place Saint-Michel. Elle demande au vendeur de lui conseiller des ouvrages sur les jumeaux.

Un manuel de psychologie, un livre pratique de Régine Billot, un roman de Michel Tournier, un autre de Bruce Chatwin. Le libraire n'est pas sans ressources. Un peu perplexe, il regarde son ventre plat.

– C'est pour bientôt ? Ça ne se voit pas !

Elle surmonte une légère émotion.

– Je commence à peine. Mais mon médecin me dit que ce sera des triplés. Vous n'auriez pas un roman sur les triplés, par hasard ?

C'est Eric qui, au téléphone, lui a mis la puce à l'oreille. Il a eu à traiter un couple de vrais jumeaux. La gémellité... il y a des cas thérapeutiques très intéressants de jumeaux malades en même temps, décédant le même jour parfois à la même heure... Tout un monde fascinant que la psychanalyse a encore du mal à explorer.

Yaël lui a fait parvenir la séquence tournée par Georges. Deux jeunes garçons de douze-treize ans posent devant une église pour la photo aujourd'hui jaunie. Deux adolescents parfaitement identiques, habillés en kilt. Deux petits MacPherson. Car l'un des deux est Ian, pas de doute là-dessus.

Lestrade arrive sur ces entrefaites. Il a la clé de chez elle. Barbara la lui a donnée comme ultime preuve de confiance. Elle ne l'avait fait pour aucun autre avant lui, mais il est si jaloux et elle est si belle...

Une fois de plus, il n'a que peu de temps à lui consacrer. Il se fait pourtant plus tendre qu'à l'habitude... Jamais il ne lui a dit si clairement qu'il l'aimait.

– Le petit, tu verras, on va le faire ; j'en suis certain. Des jumeaux en revanche, taquine-t-il, je ne te le garantis pas...

Mais déjà il s'est rhabillé. Il va rentrer chez lui, comme d'habitude. Elle regarde avec dégoût cette porte se refermer sur son absence.

Il a dû le sentir. Quelques minutes plus tard, le téléphone sonne.

– Mon chéri ?

Lestrade ne répond pas. Une respiration qui se fait de plus en plus forte. Puis on raccroche brutalement. A-t-il eu un malaise ? Elle a tout de même eu le temps d'entendre, en fond sonore, le haut-parleur du guide du bateau-mouche qui est en train de passer et d'illuminer l'appartement. Jacques doit donc être encore en bas.

Elle s'approche de la fenêtre. Le quai est inhabituellement calme. Seule, une Alfa Romeo verte est stationnée du côté interdit, devant les boîtes des bouquinistes. Au volant, une femme dans la force de l'âge, brune, les cheveux regroupés dans un chignon, regarde fixement les fenêtres de son appartement et croise le regard de Barbara. Avec insistance.

Le téléphone sonne de nouveau. Cette fois, c'est elle qui hésite à répondre. Son répondeur se met donc en marche et fait entendre la voix de Jacques Lestrade. Elle décroche.

– Je voulais te dire que je t'aimais et te souhaiter une belle nuit.

– C'est toi qui viens d'appeler ?

– Non, pourquoi ?

– Rien, rien. C'est ça, bonne nuit...

Barbara, soudainement, a peur. Elle regarde par la fenêtre. L'Alfa Romeo a disparu. Elle tire les rideaux.

– Encore vous ?

Maureen Blacksmith n'a pas changé. Plus arrogante que jamais.

– Je vous avais dit au téléphone que ça ne servirait à rien de venir. Le professeur MacPherson ne peut pas vous recevoir.

– Je sais. Mais je suis venue tout de même. Les distances ne me font pas peur. Dites-lui que c'est urgent. Et rassurez-le, je suis venue sans caméra. Je suis en vacances, une seule question à lui poser. Rien à voir avec la politique ou avec ses recherches scientifiques. Quelque chose de plus... de plus familial, dirons-nous. Je voudrais lui parler de son frère.

La laborantine sursaute.

– Son frère ? Mais le professeur n'a pas de frère, ni de sœur ! Qu'est-ce que vous me racontez là ?

– Son frère jumeau, précise Barbara, impassible.

Maureen est blême, prête à lui sauter dessus.

– Le professeur MacPherson n'est pas là, de toute manière.

– Pas là ? Pas à Glasgow ?

– Non. Et puis ça ne vous regarde pas. Si vous ne quittez pas les lieux immédiatement, je demande au gardien de vous faire sortir.

Elle désigne un homme en uniforme qui fait les cent pas devant l'entrée. Barbara griffonne un numéro de téléphone sur sa carte de visite.

– C'est bon, je pars. Si vous aviez des nouvelles de votre patron, voici le numéro de l'hôtel où vous pourrez me joindre.

L'assistante lui arrache la carte des mains et claque les talons.

Par la fenêtre, Barbara la voit courir dans le bureau du professeur MacPherson, s'asseoir dans son fauteuil, regarder la photo des jumeaux, la renverser et composer un numéro de téléphone.

Professor Blank, please, it's urgent...

Le Red Bull est calme. Il n'est que quatre heures de l'après-midi. Trois joueurs de fléchettes se livrent à leur activité favorite. Un vieil Ecossais en kilt sirote sa Guinness.

– Polly ? interroge Barbara.

La serveuse est surprise.

– Vous ne me reconnaissez peut-être pas ?

– Si, si, la belle Française qui était venue avec Ian MacPherson après un match.

– Comment va Mike, au fait ?

Polly, probablement un peu jalouse, à tout le moins méfiante, se rétracte.

– Vous le connaissez bien, Mike ? Il ne m'a jamais parlé de vous...

Barbara la rassure, elle voudrait juste louer une moto pour quelques jours et Mike avait l'air de s'y connaître. En confiance, Polly lui donne l'adresse du garage où Mike Ferguson travaille.

Derrière un tas de vieilles carcasses de motos surgit l'immense silhouette du mécanicien en bleu de travail, les mains couvertes de graisse. Elle veut lui parler en tête à tête. Ils s'installent dans un coin et il lui sert du thé au lait sucré. C'est de Ian, son meilleur copain, qu'il sera question. Non, pas des clones, qu'il ne s'inquiète pas... De lui et de Ian. De leur enfance. Elle se lance et n'hésite pas à utiliser les grosses ficelles du journalisme sauvage, le pied dans la porte.

– Je fais un film sur lui.

– C'est drôle, il ne m'a pas prévenu.

Barbara ose :

– Il n'est pas là en ce moment, il n'a pas dû y penser.

– C'est vrai, répond-il étourdiment. Il est à Genève.

Mike raconte un peu, puis de plus en plus, leur enfance commune à l'île de Skye, le clan MacPherson, installé là-bas depuis six siècles, le vieux manoir où Ian et son frère vivaient...

– Son frère ?

– Mais oui, Angus, son frère jumeau.

– Et où pourrais-je le rencontrer ?

– Vous ne pourrez pas...

Mike a le sentiment qu'il en a trop dit. Il s'arrête, refuse de parler davantage, prétexte qu'il a du travail, une moto à terminer.

Il ne peut cependant s'empêcher de blaguer.

– Moi, les clones, je ne suis pas contre, d'ailleurs. C'est ce que je dis à Ian. J'aurais voulu faire médecine, moi. Mais les chirurgiens et les garagistes, c'est pareil dans le fond, ce dont ils ont besoin, c'est de pièces détachées. Et si chacun d'entre nous avait un clone, on aurait des pièces de rechange. C'est comme pour ce vieux modèle de Java...

Il montre une bécane de collection, à moitié démontée.

– Si vous trouvez un carburateur pour elle, faites-moi signe ! Je le prends tout de suite !

Dans sa chambre d'hôtel, celle de la semaine précédente, Barbara regarde les informations en écossais à la télévision tout en feuilletant sa *Psychologie des jumeaux.* Cette fois-ci elle aimerait bien que son amant la rejoigne. Elle en aurait même vivement besoin. Mais Murdoch, Berlusconi ou Leo Kirsch avaient la priorité. Lestrade ne cesse de développer les activités internationales de Canal Première en ce moment : un bouquet satellite à base de films, Hollywood Plus, un œil sur les Allemands de Première, les Italiens de Telepiù, les Britanniques de B.Sky.B, une chaîne sportive rivale des Américains d'ESPN, un site Internet qui dame le pion à tous ses concurrents aux dents longues, une télévision d'information en continu, dernier refuge des hommes politiques qui jadis critiquaient la puissance tentaculaire de Canal Première – trop de morgue, de dérision, de culture branchée –, et, depuis peu, une chaîne économique et financière pour faire saliver tous les rivaux du groupe propriétaire de cette hydre télévisuelle. Avec un tel programme, il n'y aura pas d'Orcades ou de Shetland pour Jacques, l'amant courant d'air. Dommage, il ne sait pas ce qu'il perd. Il aurait pu au moins téléphoner. Pour une fois, elle ne l'aurait pas rabroué.

Transmission de pensée ? le téléphone sonne. Eh non, ce n'est pas lui, c'est Richard Blank de Genève. Et pas franchement aimable.

– Mais comment savez-vous que je suis là ?

Il ne répond pas à la question. Il n'a qu'un mot à lui dire :

– Fichez la paix à MacPherson. C'est un type fragile. Si vous avez quelque chose à demander sur nos travaux, adressez-vous à moi.

Le ton est menaçant mais Barbara ne se laisse pas démonter.

– Vos travaux ? Vous travaillez donc toujours ensemble ? Et sur quoi, si ce n'est pas indiscret ?

Au bout du fil, Blank explose :

– Si vous continuez à nous enquiquiner, vous allez avoir de nos nouvelles, petite intrigante !

– Arrêtez de dire nous, de parler pour deux. Passez-moi MacPherson. Je crois savoir qu'il est chez vous.

Au blanc qui suit, Barbara devine l'embarras de

son interlocuteur. Quelques secondes plus tard, l'Ecossais est au téléphone, bafouille un « Laissez-moi tranquille » guère convaincant, un peu appris par cœur.

– Je voulais juste que vous me parliez d'Angus...

Ian MacPherson s'étouffe. Il raccroche.

Les deux pères de Polly se promènent dans le jardin du professeur Blank. L'Américain tient à la main son inévitable sécateur et s'en sert pour désigner fièrement une énorme rose rouge, une rose double.

— Ma dernière création, tu vois. Et là, personne n'a protesté !

MacPherson, songeur, fait mine de humer le parfum de cette fleur qui ne sent rien.

— C'était idiot d'appeler cette Barbara. Encore une idée de Maureen. Ça ne sert à rien de l'intimider. Au contraire, j'imagine maintenant qu'on va l'intéresser à notre travail.

— Ne t'occupe pas de ça, Ian. Tu sais bien que c'est mon affaire, les journalistes. Celle-ci est un peu fatigante, mais elle se lassera avant nous. Je m'inquiète davantage des progrès du consortium Antinori-Zavos. Quand crois-tu que nous pourrons procéder aux premiers essais ?

— D'ici quinze jours, répond MacPherson. Mais je pourrais peut-être savoir maintenant qui sera l'heureuse élue ?

Richard Blank rit.

— Bien sûr, mon cher Ian, tu peux savoir. Mais je pensais que tu avais deviné... Ta fidèle collaboratrice, mademoiselle Blacksmith, voyons ! Comme ça, le secret ne sortira pas de la maison ! Enfin, jusqu'à ce que nous réussissions...

MacPherson siffle entre les dents :

— Et tu l'as payée combien, Maureen, pour accepter cette cochonnerie ?

— Ça non plus, mon petit Ian, ça ne te regarde pas. Ce qui te regarde, c'est cette jolie boîte que tu es venu chercher pour la rapporter au labo, à Glasgow, et dans laquelle, bien au froid, des milliers de petites cellules de Blank n'attendent plus que de se répandre gentiment sur le monde...

Yaël est venue attendre son amie à Roissy. C'est une surprise. Barbara la croyait en route pour le Cambodge. Mais le voyage est encore différé. Et puis Yaël avait besoin de la préparer au choc.

— A quel choc ?

— Regarde...

Derrière elles, devant un kiosque, une immense affiche d'un journal à scandales accroche l'œil, comme une péripatéticienne qui fait le trottoir : « La tendre amitié de Barbara Pozzi et de son patron », titre l'hebdomadaire qui publie sur sa couverture une photo un peu floue de Barbara devant un immeuble — son immeuble, pas de doute — et, juste derrière elle, Jacques Lestrade, la main sur son épaule.

On a beau s'attendre à tout, avoir bourlingué tout autour du monde, un sale coup comme ça fait son effet. Comme une grosse tache sur un corsage, un crachat, une petite saloperie médiocre. L'impression de voir sa vie résumée à une photo, et si mal résumée, d'avoir été suivie, traquée, espionnée, trahie peut-être.

Les deux filles s'assoient au comptoir du bar où, quinze jours auparavant, Barbara disait au revoir à son père. Pourvu que ce torchon ne lui tombe pas sous les yeux, se dit-elle d'instinct. Il faudra vite lui téléphoner à Rome pour ménager son cœur et lui annoncer la nouvelle en douceur.

Yaël vient d'acheter le journal. Gênée, elle veut cacher la une agressive, mais le serveur l'a vue avant qu'elle ne le fasse.

– Mais c'est vous ! dit-il à Barbara. Ça alors ! Vous pourriez me le dédicacer ? Je vais en acheter un.

– Gardez-vous-en ! Ce n'est pas vraiment moi...

Et que dire du texte à l'intérieur ? Un reportage assez détaillé, parfois bien informé, souvent mensonger et globalement sirupeux. Avec cette fausse impression de se ranger, hypocritement, du côté de la pauvre victime épinglée par des photos venues d'on ne sait où... : « Sa carrière était en panne. Depuis six mois, elle ne voyageait plus, en attente d'un enfant qui ne venait pas... » Sous la légende : « A trente-neuf ans, sa quête désespérée de maternité », on la voit devant le laboratoire d'analyses médicales, dans le café, montant en larmes dans sa voiture, buvant une coupe de champagne à Roissy avec son père...

Barbara se sent violée, salie par cette traque. Elle ne peut s'empêcher de regarder autour d'elle, dans le bar. Le paparazzi était bien là deux semaines auparavant...

Mais il y a encore d'autres photos, sans aucun rapport entre elles. Des hommes en vue rencontrés ces dernières années, des rumeurs d'idylles. Il y a même un cliché d'elle et d'Arnaud Littardi, bras dessus bras dessous. Et un autre, moins compromettant, au Paquebot, avec Jacques. Le commentaire est mièvre, insinuant : « Grâce à l'amitié de Jacques Lestrade, Barbara Pozzi a retrouvé espoir. Pas d'enfant en perspective, certes... mais la rédaction en chef d'un magazine spécial consacré aux clones. Qui s'apprête à être sensationnel. » Lestrade est cité : « Seule Barbara pouvait traiter un sujet pareil. J'ai voulu qu'elle fasse son grand retour à la télévision par une actualité forte. Qui nous interroge toutes et tous... »

Conclusion du journal à scandales : « Si tous les patrons du monde se souciaient ainsi du bonheur de leurs employées, le monde serait parfait ! A ne pas manquer, le grand retour de Barbara Pozzi le 20 septembre ! »

Barbara ne se contient pas et appelle aussitôt son amant. Il est visiblement en réunion de travail et répond, mal à l'aise, la voix étouffée par sa main.

– Je ne pouvais pas savoir. J'ai juste répondu à une question d'un journaliste lors de la conférence de presse sur le bilan d'Hollywood Plus. Je pensais que c'était gentil pour toi et bon pour le magazine.

– Le résultat est là, bravo.

– Je n'y suis vraiment pour rien. Je passe ce soir pour te consoler.

Il a dit « consoler » tout bas.

Barbara, ce soir, a oublié toute indulgence à l'égard de son amant. Elle est loin de sa fugitive tendresse du matin dans l'hôtel de Glasgow.

— J'avais parfois l'impression d'être suivie ces dernières semaines, dit-elle à Jacques Lestrade. Ce type derrière moi le jour où je suis allée chercher mes analyses à Neuilly. Je me suis retenue pour ne pas sortir de mes gonds face à des gens qui m'importunaient. Je suis sûre maintenant que c'était de la provocation. Et puis cette femme, l'autre soir, je ne t'en ai pas parlé : juste après ton départ, une Alfa Romeo verte, en bas de mon immeuble...

— Verte ? alors, c'était Madeleine.

— Madeleine ?

— Oui, ma femme.

Elle ne lui avait jusqu'alors jamais demandé son prénom.

Par pudeur ou par gêne, il ne l'utilisait pas pour parler d'elle.

– Elle est au courant pour le journal ?

– Et comment ! Elle m'a fait une scène terrible à l'heure du déjeuner. J'ai été obligé de rentrer à la maison.

– Et alors, qu'est-ce que tu vas faire ?

– Et alors, je t'aime...

– Ça ne suffit pas. Tu m'aimes et tu continues à vivre avec elle ?

Le ton monte. Barbara a décidé de jouer ce soir à quitte ou double. Plus de faux-semblants, plus d'élégance ni de concessions. Il quitte sa femme ou il ne revient plus jamais... Lestrade redit que c'est une simple question de temps, les enfants ne sont pas assez grands, bientôt, très vite, promis... Elle sait tout cela par cœur. Il veut l'embrasser, la prendre dans ses bras. Elle le repousse.

– Tu veux que je l'appelle, ta femme ? dit Barbara, adepte désormais des solutions radicales.

– Surtout pas. Ça ne servirait à rien. Même avant l'article, elle te détestait.

– Mais elle ne savait rien ?

– Non, rien, je ne crois pas. C'est comme ça, les femmes. Du jour où elle t'a vue à la télévision, il y a des années, elle a commencé à te détester. Je me suis fâché trois ou quatre fois. C'était bien avant qu'on soit ensemble. Elle devait deviner quelque chose...

— Qu'est-ce qu'elle disait ?

— Que tu étais opportuniste, prête à tout, dangereuse... Mais arrêtons de parler de cela. Je peux rester ce soir ?

Barbara lui répond sèchement que cela ne sert à rien, qu'elle ne l'aime plus. Définitivement. Des mots râpeux. Désemparé, il l'accuse de l'avoir trompé.

Pour s'en débarrasser, pour jeter cette histoire mal foutue à la poubelle, elle dit que oui, en effet, il y a un autre homme dans sa vie. Qui ? Au hasard, sans réfléchir, elle lance :

— Ian MacPherson.

C'était une matinée de chien. Elle avait commencé pour Lestrade par un petit déjeuner épouvantable et la lecture de cet article venimeux de *Téléramage,* signé de la journaliste venue l'interviewer dix jours plus tôt : « Un Basque qui n'a pas froid aux yeux. Plus détonant que l'ETA. Comment vendre les programmes de Canal Première ? La recette – très personnelle – de Jacques Lestrade. » Avec moultes précautions de jésuite, l'article s'indignait des méthodes des paparazzi mais relatait la plupart des insinuations sur sa vie privée. Ce qui alimentait un long couplet visiblement ajouté à la dernière minute sur la manière dont il aurait assuré la promotion de l'émission de Barbara Pozzi en se mettant lui-même en scène dans la presse à scandales !

Et puis sa femme, qui le regardait jusqu'alors sans

mot dire en buvant son café, comme un reproche muet, s'y était mise à son tour.

— Ça ne peut plus durer. Je déteste toutes ces histoires. La situation est devenue impossible avec cette fille. Fiche le camp !

— C'est un ultimatum ?

— Oui, c'est elle ou c'est moi. Tout de suite !

Il se lève. Il a des crampes d'estomac. Le café ne passera pas ce matin. Ses collaborateurs peuvent commencer à trembler.

— Et je veux que tu la vires, ajoute-t-elle. Tu comprends ? Que tu la vires, tout de suite !

— C'est impossible. Même si je le voulais. C'est l'une des deux ou trois vedettes de la chaîne avec nos marionnettes et la star du vingt heures... Et puis elle a un contrat.

— Je m'en fiche de son contrat. Moi aussi, j'avais un contrat avec toi. Tu la vires, entendu ? Dès demain. Ou je fous tout en l'air, tout, ta vie, la mienne, tu m'entends ?

A peine arrivé au bureau, d'une humeur massacrante, Lestrade convoque Yaël dans son bureau.

— Après ce machin immonde, cet article, je me demande s'il faut vraiment que Barbara fasse toujours le magazine. On pourrait peut-être attendre un peu. Ou le confier à quelqu'un d'autre.

Yaël est sans voix.

— Et puis, je ne suis pas sûr que Barbara soit vraiment faite pour ça. Son truc, décidément, c'est l'international. J'ai pensé qu'elle pourrait peut-être remplacer Lautner à New York comme correspondante.

Le salaud, se dit Yaël. Il s'est déjà cru obligé de virer son meilleur ami, le patron de Telepiù. Il n'est tout de même pas en train de se débarrasser de sa maîtresse parce qu'un journal de caniveau a révélé leur liaison ? Elle proteste : « Sans Barbara, pas de magazine. » Elle met discrètement sa démission dans la balance. Lestrade temporise, ils vont réfléchir, il parlera à Barbara.

En le quittant, peu rassurée, Yaël entend sa secrétaire dire à son patron :

— Pour monsieur Hübner, ce soir, je propose le Plazza ?

La directrice des magazines se précipite dans son bureau et appelle Barbara.

— Hübner, tu es sûre ? Tu as bien entendu ?

— Certaine.

— J'irai. Tu m'attendras à la maison. J'ai repris sa clé à Jacques. Je te la donne.

— Méfie-toi, Barbara. Lestrade panique complètement. Cette idée de repousser le magazine, de t'envoyer à New York...

141

– C'est pour me protéger, rassure-toi. Sa femme veut qu'il me vire. Elle est folle à lier. Il essaye de m'éloigner un temps. Je lui ai raconté que j'avais un autre amant. MacPherson, figure-toi ! Il l'a cru, il voulait m'arracher les yeux...

Au Plazza, Lestrade et Hübner discutaient du rachat de parts de Canal Première qui a désormais besoin de davantage d'argent pour son développement. Le patron de Naturis ne souhaite pas que cette prise de participation soit rendue publique, du moins pas pour le moment, il faut d'abord l'aval du CSA puis de la COB. Et puis soudain, plus affable, dans son inimitable accent suisse-allemand :

– Le professeur Blank, vous connaissez probablement, mon cher Jacques ?

Lestrade acquiesce.

– C'est un peu délicat, voyez-vous, mais nous finançons une partie de ses recherches...

– Sur le génome humain, m'a-t-on dit.

– Entre autres, oui... Je suis embarrassé de vous dire les choses comme cela, mais le professeur Blank a attiré notre attention sur le harcèlement dont il est victime... Ce magazine, cette journaliste de chez vous qui n'arrête pas de... Madame Pozzi, c'est cela...

C'est ce moment précis qu'a choisi Barbara pour surgir à leur table et les interrompre.

— Madame Pozzi, c'est exactement cela. Je me présente : Barbara Pozzi.

Jacques Lestrade se lève brusquement, décomposé. Barbara est derrière lui, debout, en tailleur, très élégante. Il sent son parfum qui le trouble.

Le patron de Naturis se lève à son tour et se présente, courtois :

— Georg Hübner, enchanté.

— Ravie de vous rencontrer également. J'ai cherché à vous joindre plusieurs fois. Vous êtes un homme très occupé, n'est-ce pas ? Votre secrétaire me dit chaque fois que vous êtes en déplacement, que vous rappellerez.

Hübner se fait mielleux :

— Mais asseyez-vous donc et prenez un verre. Moi aussi, je suis ravi de vous rencontrer : on parle beaucoup de vous dans la presse en ce moment. De vous et de notre cher Jacques...

Deux heures plus tard, Barbara réveille Yaël qui dormait sur le sofa du salon, quai des Grands-Augustins.

– Alors, Hübner ? demande-t-elle, pâteuse, pour se donner contenance.

– Il ne veut pas être filmé. De mon point de vue, nul et prétentieux. Rien à en tirer. Il prétend en effet aider Blank à développer ses travaux sur le génome, mais rien de plus. Il a nié participer aux recherches sur le clonage.

– Il t'a parlé de Blank ?

– Oui. Apparemment, Blank supporte très mal que je colle MacPherson d'aussi près et il l'a fait savoir à Hübner.

Yaël bâille.

– Dis donc, ton téléphone n'a pas arrêté de sonner. J'ai fini par répondre pour avoir la paix. Mais rien au bout du fil, ou plutôt quelque chose, une respiration.

Barbara file à la fenêtre, l'ouvre. L'Alfa Romeo est là, devant l'immeuble, tous feux éteints. La journaliste sort précipitamment, se retrouve dans la rue. La voiture démarre brutalement.

En remontant l'escalier, elle croise Yaël qui rentre se coucher. Pourtant, trois minutes plus tard, on sonne à sa porte. Elle se méfie, regarde par le judas. C'est son amant.

— Tu as de la chance, lui dit-elle. Yaël vient tout juste de partir. Et ta femme aussi, ajoute-t-elle perfidement.

— Ma femme ? Elle est venue te voir ? s'inquiète-t-il.

— Rassure-toi, elle est restée dans sa voiture. Mais dis-lui d'être plus discrète et d'arrêter d'appeler la nuit quand les gens dorment.

Lestrade est manifestement à bout de nerfs. Il lui reproche la scène qu'elle a faite au restaurant.

— Et toi, qu'est-ce que tu faisais avec Hübner, si ce n'est pas indiscret ?

— Un simple dîner, pour mieux se connaître. Rien de plus. Naturis va peut-être se lancer dans la télévision.

— Et c'est ça que tu es venu me dire ce soir ? demande Barbara.

— Je suis venu te dire que je t'aime toujours, malgré ce que tu m'as raconté hier soir. Cette histoire avec MacPherson, dis-moi que ce n'est pas vrai...

— Et tu m'aimes tellement que tu me verrais bien à New York...

Lestrade proteste, ce n'était qu'une idée. Barbara a le regard enflammé.

— Tu ne vaux pas mieux que tous ces patrons de choc auxquels tu te flattes de ne pas ressembler. Aussi lâche que les autres ! Quant au magazine, Yaël m'a dit tes intentions. Pas question d'abandonner de mon côté. Jusqu'à ce que tu parles d'arrêter, j'avais moi-même envie de renoncer, je trouvais qu'il n'y avait pas assez de matière. Mais maintenant que j'ai la certitude que ce visqueux d'Hübner est derrière tout cela, et que Blank est derrière Hübner...

— Et ton MacPherson, il est où, si je puis me permettre ? demande Lestrade. Dans ton lit peut-être ?

— Hélas non, mon cher ami, mais ça ne saurait tarder. Et je finirai par trouver ce qu'ils mijotent tous les trois.

Il tente de lui prendre la main.

— Laisse tomber, Jacques...

Le téléphone sonne encore.

— Et va répondre au téléphone. C'est certainement ta femme qui appelle pour que tu rentres à la maison.

Dans les laboratoires du Glasgow Research Institute, Ian MacPherson fait mine de dépaqueter un cadeau pour sa fidèle Maureen. Une petite boîte protégée par une solution cryogénique.

– Félicitations. Tu n'as vraiment peur de rien. Si j'avais su que Blank était ton type d'homme ! Je comprends un peu mieux ton rôle à mes côtés.

Maureen ne se démonte pas :

– Tu noteras que je n'ai jamais couché avec lui. Et je ne coucherai jamais. En matière de reproduction asexuée, ces Américains sont vraiment des champions.

Et elle ajoute, langoureuse :

– Je peux venir ce soir ?...

– Pas le temps, répond-il, bourru comme à l'accoutumée. Trop de travail et d'abord, foot...

Il se rend chez Mike Ferguson.

Il l'appelle devant son garage, le géant sort de l'atelier.

– Ça fait longtemps, dis donc ! lance-t-il. Et l'entraînement, qu'est-ce que tu en fais ? Tu vas te rouiller. Depuis qu'on tourne des films sur Monsieur, il nous snobe...

– Quels films ?

Ferguson raconte la visite de Barbara pendant son voyage en Suisse. MacPherson paraît à peine surpris :

– Elle t'a parlé d'Angus ?

– Oui, oui, mais je n'ai rien dit. Rien du tout.

– Ça fera tout juste trente-cinq ans dimanche prochain. J'irai là-bas.

– Je sais, vieux, lui dit Mike tout en se lavant les mains avec de la lessive. Ce n'est pas un moment facile pour toi, comme tous les ans. Je ne peux pas t'accompagner cette fois-ci, mais dis-toi que dans deux semaines, les Rangers rencontrent le Celtic et que ça, c'est vraiment super...

Mike a pris un sac de sport. Il referme la porte du garage.

– T'as vraiment pas l'air en forme, Ian ! L'air suisse ? Des problèmes au boulot ?

– C'est ça, des problèmes au boulot, si l'on peut dire. Je te raconterai une autre fois. T'en fais pas... Viens, on va jouer...

— Laisse tomber, Barbara, dit Yaël qui est passée chez elle pour essayer de lui remonter le moral. Ça ne sert à rien de s'obstiner.

Lestrade a définitivement déprogrammé le magazine. Difficile d'argumenter pour le faire revenir sur sa décision. Les interviews n'avaient pas révélé grand-chose, aucun scoop à l'horizon...

— Dommage pour MacPherson, ajoute-t-elle, il avait l'air d'être beau gosse, j'aurais bien aimé le connaître.

Barbara affiche un pauvre sourire.

— Et je ne te cache pas que je n'ai pas envie de me battre en ce moment. J'ai d'autres préoccupations...

Yaël part en effet le lendemain matin pour le Cambodge.

On lui a assuré qu'elle pourrait récupérer le petit bébé qu'elle a adopté.

Barbara tente de partager son enthousiasme.

– Et si, toi aussi, tu essayais d'en adopter ? poursuit Yaël.

Barbara promet de réfléchir et de prendre enfin quelques jours de vacances. Oublier toute cette histoire absurde. Avant de quitter Paris pour se reposer – elle ne sait pas encore où, sans doute à Rome chez son père, l'éternel consolateur – elle va voir Arnaud au ministère de la Santé. Il lui a téléphoné quelques heures plus tôt.

– Ça arrive un peu tard, mais belle pioche tout de même, dit-il en lisant un rapport : Naturis, deux milliards de dollars de recettes annuelles, une des principales multinationales qui trustent le patrimoine génétique de la planète. Spécialisée dans la santé humaine, animale et végétale. Développe ses activités agro-alimentaires depuis deux ans. Veut maintenant se lancer dans la télévision et les nouvelles technologies. Vingt-neuf mille employés de par le monde. Tu t'attaques à du gros gibier...

– C'est adorable à toi, répond Barbara, pensive, mais maintenant que Yaël a renoncé, je ne vois plus très bien à quoi cela va me servir.

– Ecoute-moi. Je crois maintenant connaître la raison pour laquelle Lestrade ne veut pas que le magazine se fasse. Rien à voir avec sa femme. D'après mes informations, il semble qu'Hübner vient de racheter dix pour cent du capital de ta chaîne.

Barbara ne répond pas tout de suite.

– Je m'en doutais, lâche-t-elle enfin.

– Ce n'est pas tout. Dernière info qui peut t'intéresser sur ton ami Blank. Le cher professeur a des problèmes. Sa quatrième femme est en train de le quitter. Et elle est bavarde. Lis un peu ce qu'elle vient de déclarer au *Boston Globe*...

Barbara traduit l'interview : « Richard ne s'est jamais reconnu dans aucun des enfants qu'il a eus avec ses quatre femmes. Il rêve d'un clone de lui-même. Si sa folie n'a pas de limites, ses capacités scientifiques ont atteint les leurs depuis bien longtemps. C'est un usurpateur complet. Le vrai père de Polly, c'est le professeur MacPherson, mais Richard est obstiné. Il veut le prix Nobel et son propre clone, et il finira par avoir les deux. Il m'a juré que Mac-Pherson allait très bientôt arriver à fabriquer un être humain à l'identique. »

Le visage de Barbara s'éclaire soudain.

– Au fait, Eric et toi, vous connaissez l'Ecosse ?

Arnaud est allé une fois au Festival d'Edimbourg. Rien de plus.

– Et l'île de Skye, ça vous dirait d'y passer le week-end tous les deux avec moi ? Histoire de se changer les idées ?

– Pourquoi pas ? Mais quand ça ?

– Là, ce week-end. Il y a un avion direct pour Inverness tous les samedis à dix heures trente. Retour dimanche soir. On loue une voiture et on y est en deux heures. C'est magique. En cette saison, la nuit ne tombe jamais dans les Highlands.

– Tu es diabolique, répond Arnaud en lui tapant dans la main. J'appelle Eric. Allons jouer là-bas les Sherlock Holmes !

Portree est un port minuscule, tapi au fond d'une baie très isolée de l'île de Skye. La lumière tombante du soir rase les paysages très découpés des lieux, magnifiques. Des mouettes piaillent en raccompagnant un bateau de retour de pêche.

Sur le quai, Arnaud, Eric et Barbara se promènent et interrogent les rares habitants, des pêcheurs qui vivent de la morue et du flétan. On leur indique un manoir qui surplombe la mer, un petit château romantique perdu dans la végétation.

De là-haut, la vue est splendide.

– Et voilà le fief MacPherson, commente Barbara devant une très belle maison en grosses pierres du pays, un peu délabrée.

Face à eux, une longue allée plantée d'arbres rares et de rhododendrons. Trois paons s'ébrouent sur une pelouse étonnamment sèche pour qui connaît la réputation de l'Ecosse.

Eric lit le guide qui relate l'histoire des MacPherson depuis vingt générations, les luttes intestines contre les voisins, les MacGregor. « Les MacPherson, une des grandes familles des Highlands, un des foyers de la résistance écossaise à l'Angleterre... »

– Je vous avais promis que c'était plus que bien, se rengorge Barbara. « La crème de la crème », comme on dit à Londres. Mike, son copain le garagiste, habitait en bas sur le port. Modeste fils de pêcheurs. Quand il m'a parlé des MacPherson, c'étaient vraiment les seigneurs du coin ! Alors les garçons, contents ? Vous ne regrettez pas le déplacement, j'espère ?

Ils sonnent à la grille. Une vieille cloche tinte. Personne ne répond. Ils entrent dans la propriété et se dirigent vers une petite maison de gardien devant le manoir.

Un chien âgé, tout blanc, se dirige en boitant vers eux. Derrière la petite maison, un vieux paysan joue du *bag-pipe*. Ils écoutent, fascinés. Alerté par son chien, le vieux finit par les apercevoir et les salue chaleureusement.

– Vous voulez visiter le manoir, peut-être ?

– On peut, vraiment ?

– Normalement, non. Mais vous n'êtes pas d'ici. Ça s'entend. Et puisque vous avez fait tout ce chemin quand même... Vous êtes français, n'est-ce pas ? Si vous étiez anglais, je ne dis pas...

Le gardien les précède dans l'antre des MacPherson, suivi par Luca, le chien blanc.

Un superbe escalier en pierres grises les accueille. Au rez-de-chaussée, de grandes pièces se succèdent, chargées de mobilier ancien, en assez mauvais état. Une odeur tenace d'humidité remplit la maison. Une vieille tapisserie, dans l'escalier, en est manifestement gorgée, couverte en ses coins d'un peu de salpêtre du mur qui s'écaille. Les parquets craquent.

Dans le salon, trône la galerie des ancêtres du clan. Une trentaine de peintures très réalistes représentent les MacPherson à travers l'Histoire. On aperçoit au fond un portrait, plutôt laid et criard, de Ian MacPherson dans une toge académique.

Le vieux gardien leur fait un petit historique, très déférent, sur la famille et les derniers seigneurs MacPherson : « Sir William, le grand-père de l'actuel propriétaire, était un partisan acharné de l'indépendance. Son fils unique, un poète assez connu, John, ne s'y intéressait pas beaucoup. Il avait la tête dans les nuages. Toute sa vie, il s'est acharné à perpétuer la mémoire du grand ancêtre, le poète du dix-huitième siècle qui avait fait croire à l'existence d'un barde, Ossian. Or, c'est lui qui avait tout écrit ! Sir John est mort il y a cinq ans. Quant à son fils, vous avez certainement entendu parler de lui. Une vedette en Ecosse. Ian MacPherson, un grand savant, dit-il, admiratif. Le papa de Polly... »

Après la bibliothèque, fournie mais trop imposante, les visiteurs découvrent un petit salon, plus intime. C'est manifestement là que se tient Ian quand il vient dans son île. Un petit bar roulant, un canapé défoncé, un violon, des vieux disques et, au-dessus de la cheminée, une photo de la famille, un père, une mère et deux enfants, de vrais jumeaux. Pas de doute : Ian et son frère Angus, en habit de marin. Ils doivent avoir cinq ou six ans. D'autres photos, un peu partout, les représentent comme en un miroir sans fin.

— Mais ils sont deux sur les photos, demande Barbara. Lequel est Ian et qui est l'autre ?

Le vieux enlève sa casquette, se signe.

— Vous voulez parler d'Angus, le frère de monsieur Ian ? Un grand malheur... Sa mère en est morte de chagrin, la pauvre, et le vieux John n'a plus jamais rien écrit.

Il désigne sur une photo le jumeau de droite. Les trois amis ne voient pas de différence entre les deux enfants. Celui de gauche, Ian, est peut-être plus déterminé dans le regard.

— Vous voulez dire qu'il lui est arrivé quelque chose ? insiste Barbara.

– Un terrible malheur, hélas... C'est demain l'anniversaire. Ici, personne n'a oublié. Le petit repose là-bas.

Le gardien montre de la main une pointe sauvage sur la côte.

Derrière une vieille chapelle, un cimetière très ancien domine la falaise et le bord de mer. En haut de ce terrain escarpé, recouvert d'herbes folles, le nom des MacPherson figure sur plusieurs tombes moussues. Tout le clan se trouve là. John, William et les leurs. Arnaud vient de trouver le nom qu'ils cherchaient, sous une belle croix celtique en granit : ANGUS MACPHERSON, 1949-1962. Un poème de Byron est gravé dans la pierre. Ils le lisent silencieusement, étrangement émus.

Le soleil se couche sur la baie de Portree, voilé par une légère brume. L'horizon prend feu. Il fait encore jour. Quelques cormorans survolent la chapelle. La mer, au loin, moutonne.

Barbara ferme derrière eux la grille rouillée du cimetière et la petite troupe se dirige vers le pub, au bord du quai, qui vu d'en haut semble le seul foyer de vie du village. Ils observent en redescendant les derniers rayons de lumière illuminant le petit port. Mais il fait toujours étrangement clair. La marée est basse.

Ils prennent une bière à la terrasse du pub, près des filets de pêche. On entend, venu de l'intérieur, un quadrille languissant, le *Royal Guards Reel,* une vieille danse écossaise. Le samedi soir, il y a de l'ambiance.

Le gardien du manoir MacPherson boit une ale au comptoir. Ce n'est manifestement pas la première de la soirée.

— Merci pour la visite, tout à l'heure, dit Barbara en l'abordant. Nous sommes allés ensuite sur la tombe d'Angus... Il avait treize ans quand c'est arrivé, c'est vraiment terrible. Mais au fait, comment ça s'est passé ? Un accident ?

Le vieux repose brutalement sa chope, un peu nerveux, fait mine de ne pas avoir entendu la question, fouille, très concentré, dans sa poche, sort une livre pour payer ses consommations et s'excuse :

— Je dois partir, j'ai du travail, il a appelé, il arrive demain. Il faut tout préparer, l'anniversaire. Demain soir...

— Qui, il ?

Le vieil homme est déjà en chemin vers la porte, il se retourne et semble agacé.

— Mais qui, il ? MacPherson, Ian MacPherson,

voyons ! le dernier des MacPherson comme ils disent tous ici !

Le patron du pub, un énorme rouquin jovial, s'adresse à Barbara après le départ du vieillard.

– Vous lui avez fait du mal, au vieux Trevor.

– Du mal ?

– Il a horreur qu'on lui rappelle que Ian est le dernier. Vous comprenez, Trevor a servi son grand-père, l'homme politique, quand il était gamin, puis le père, le vieux John. Il a ensuite élevé Ian et ce malheureux Angus. Et il sait qu'après Ian, c'est fini. Il vous l'a dit, on l'appelle ici le dernier des Mac-Pherson.

– Il n'a pas d'enfants ?

– Non, il a été marié une fois. Avec une Américaine. Elle est partie... On dit que Ian ne peut pas avoir d'enfants, mais je crois qu'il s'en fiche. Il se fiche d'être le dernier des MacPherson. Le vieux Trevor, lui, ça le rend malade d'imaginer qu'on vendra un jour le manoir pour en faire une colonie de vacances ou un truc comme ça. Il faut le comprendre, six cents ans d'histoire ça compte dans ce fichu pays !

Barbara commande une ale.

– Et Angus ?

– Angus, c'est différent, répond le patron d'un air méfiant.

— Différent ?

— Mais qui êtes-vous, au fait ? demande le rouquin. Pas journaliste au moins ? Comment avez-vous entendu parler de ce trou perdu ?

Barbara réfléchit à peine.

— Non, non, je suis une amie de Mike... Mike Ferguson, les motos, vous savez. Il m'a conseillé de venir passer le week-end dans son village.

Le patron du pub siffle.

— Eh bien, bravo Mike ! Ce vieux salaud de Mike ! Je ne savais pas qu'il avait de si jolies copines. Comme quoi, un gros ventre...

Et il se tapote l'estomac qui rebondit sur l'évier du comptoir.

— Alors, si vous êtes une amie de Mike, ça change tout...

Sur la terrasse du pub, Eric et Arnaud sont en train de boire et de chanter – faux – avec deux ou trois jeunes gens.

– Carrément un bar gay ! s'exclame Barbara en revenant vers eux. Le seul de tous les Highlands et il fallait que je vous y emmène !

– Et toi, manifestement, tu as trouvé l'homme de ta vie ! dit Arnaud en désignant le tenancier rouquin.

– C'est tellement vrai, lui répond-elle, que je reste ici demain soir. Vous pourrez repartir sans moi.

Elle leur raconte. Le vieux Trevor et, surtout, les confidences du patron sur la mort d'Angus.

Les jumeaux avaient treize ans. En tous points semblables sauf pour le caractère : Angus était très réservé, délicat, passait ses journées à lire, dessiner, écrire des poèmes comme son père. Ian était infatigable, sportif, très turbulent, toujours en train de

163

bousculer son frère. Un peu jaloux, disait-on, des dons et de l'intelligence d'Angus.

Un soir, Ian a voulu sortir en bateau avec son frère. La mer était mauvaise, Angus avait peur, Ian l'a forcé à l'accompagner en le traitant de poule mouillée, de vraie fille... C'est en tout cas ce qu'avait raconté à l'époque le vieux Trevor. Les deux jumeaux sont partis, le canot a été renversé par une forte vague. Ian s'en est miraculeusement sorti en nageant comme un forcené. On a cherché Angus toute la nuit, on a retrouvé son corps deux jours plus tard, avec la marée...

— Et j'imagine que Ian s'accuse depuis d'avoir tué son frère, dit Eric. C'est un complexe classique chez les jumeaux si jamais l'un d'entre eux vient à mourir. Une psychose grave, souvent très grave.

— S'il était le seul à s'accuser, ce ne serait rien, raconte Barbara. Le problème, c'est qu'en raison des circonstances et des récits des témoins, tout le monde est persuadé qu'il avait voulu tuer son frère jumeau. Et qu'il y a réussi !

Ce dimanche soir, Portree s'est vidé de ses rares touristes. Et il fait toujours aussi clair. La nuit ne se décide pas à tomber.

Ian MacPherson pousse la grille du cimetière, s'avance vers la tombe de son frère, couverte, à son grand étonnement, d'un bouquet de fleurs rouges.

Barbara Pozzi l'attend derrière une croix celtique.

– Les fleurs, c'est vous ? demande-t-il, à peine surpris.

Elle fait signe que oui en inclinant la tête.

– Merci, ajoute-t-il sur un ton qui se veut léger. Il n'y a plus jamais personne pour fleurir la famille.

Etrangement, il continue à lui parler. Comme s'ils se connaissaient de longue date. Comme s'il ne se méfiait plus. Du cimetière, il lui détaille la vallée, la côte, raconte ses promenades d'enfant. Elle ne dit rien. Il la préfère comme ça et l'invite à dîner au manoir.

Sous les portraits de famille, le vieux Trevor s'agite.

Il n'a pas été à pareille fête depuis cinq ans, avant la mort de sir John. Il apporte une bouteille de bordeaux. Ian lui dit d'aller dormir. Le vieillard vaque un peu dans la pièce, il n'a manifestement pas envie de regagner son logis. Il finit par sortir en traînant des pieds.

A travers les fenêtres du manoir, la nuit ne tombe toujours pas.

En dépit de la circonstance, Ian est de bonne humeur. Il craignait que Barbara soit accompagnée de son cameraman ou de ses deux amis, qui ont déjà regagné Paris. Il savait qu'elle rôdait dans les parages. Au téléphone, Trevor lui avait tout décrit, une belle brune française, un peu curieuse, les questions sur Angus...

— Alors, comme ça, vous savez tout, toute l'histoire ? dit-il, d'un ton presque résigné.

— Eh oui, et je comprends maintenant pourquoi, faute d'avoir pu garder votre jumeau, vous rêvez aujourd'hui de clones...

— C'est plus compliqué que ça, mademoiselle. Que sait-on, profondément, de ses propres motivations ?

— En tout cas, j'ai une bonne nouvelle pour vous, dit Barbara en sortant l'article du *Boston Globe*.

L'interview de la femme de Blank le fait beaucoup rire. Il confirme que Blank est incapable de la moindre découverte scientifique. A l'université, c'était déjà Ian qui faisait tous les travaux. Barbara cherche à le faire parler mais c'est elle, la journaliste, qui est interrogée : sa chaîne dont une partie du capital vient d'être rachetée par Naturis, son magazine sur les clones dont le projet a été abandonné par son patron – et par sa meilleure amie –, ses intuitions quant à l'enquête qu'elle a menée...

Et la voilà qui parle d'elle, de son père, de son enfance à Rome, de New York peut-être dans quelques semaines...

– Vous partirez toute seule là-bas ? demande Ian.

– Oui, à moins... A moins que je n'attende un peu et que je n'adopte un enfant... Des jumeaux, pourquoi pas ? ajoute-t-elle en souriant.

Et elle enchaîne :

– Ça ne vous fait rien qu'on vous appelle le dernier des MacPherson ?

– Mais si je comprends bien, vous serez la dernière des Pozzi, vous aussi ?

Ils se regardent, avec gravité au début, puis peu à peu en souriant. Ils finissent par éclater de rire.

Ian se lève, s'approche d'elle, l'étreint.

Un petit bruit derrière la porte les fait sursauter. En souriant, Ian fait chut avec un doigt sur les lèvres, s'avance en silence vers la porte, puis l'ouvre brusquement.

Un enfant

On entend un grand remue-ménage, quelqu'un qui file.

— Allez dormir, Trevor ! Je n'ai plus besoin de vous. Occupez-vous de Luca...

Ce soir, la nuit ne tombera pas sur le manoir de Portree. A deux heures du matin, une blême clarté baigne encore la chambre de Ian MacPherson. Un drap le recouvre à moitié. A son côté, Barbara écoute.

Après l'amour, il a eu envie de tout raconter, de tout offrir à cette fille dont il se méfiait encore tant la veille mais qui lui semble presque aussi perdue que lui, aussi sauvage, autonome, forte et fragile.

Il lui explique l'emprise que Richard Blank a eue sur lui, très jeune, dès son arrivée à Berkeley. L'Américain était extrêmement brillant et, n'était-ce l'absence totale d'introversion, son intelligence lui fit vite penser à Angus, le frère qui lui manquait depuis cinq ans. C'est cette attirance, cette lente substitution d'un modèle par un autre qui le poussa un jour à se confesser à lui. Blank fut donc le premier à recevoir ses confidences sur la mort d'Angus. Jamais Ian ne s'était livré à quiconque, pas même à

169

sa mère – il n'en eut pas le temps car, écrasée de douleur, elle mourut peu après son fils – ni à son père car le poids de la culpabilité était trop fort. Il lui raconta le naufrage dans ses moindres détails et eut pour conclure ce mot qu'il se reprocha toute sa vie d'avoir prononcé devant Richard Blank : « Au fond, je me demande si, une seconde, je n'ai pas eu envie qu'il meure. »

Il ne savait pas encore que son ami était expert en manipulation mentale et que, de mois en mois, il allait le pousser à se sentir, non seulement responsable mais aussi coupable de la mort de son jumeau, jusqu'à s'en accuser, plusieurs nuits de suite, devant lui. Comme Blank était loin d'être aussi brillant scientifiquement qu'intellectuellement, il se servit peu à peu de son ami comme d'un sparring partner puis comme d'un esclave, se protégeant de ses éventuelles révoltes par un chantage implicite né de l'aveu que lui avait fait Ian.

Cette emprise s'accentua encore lorsque, après l'université, ils se spécialisèrent l'un et l'autre dans les recherches sur le clonage. Leur fascination pour le sujet était commune – Richard pour se reproduire, Ian pour retrouver son jumeau mort –, mais les compétences biologiques de Blank étaient fort limitées et ce fut MacPherson qui fit aboutir leurs travaux sur Polly. Voilà comment, de progrès en progrès, ses recherches sont aujourd'hui sur le point d'aboutir.

Ian raconte à Barbara, nue, la tête posée sur son torse, que, partagé entre le scrupule d'être le premier à briser le tabou de la reproduction et l'impatience du savant face à une incroyable découverte, il a, sans hésitation, choisi la voie de la science.

– Et tout ça parce qu'un jour Angus s'est noyé... C'est cher payé, dit Barbara en lui caressant le front.

– Non, c'est le destin. C'était le sien, c'était le mien. Ça me va comme ça.

Elle lui couvre le visage de baisers. Une idée folle lui a traversé la tête.

– Et si on faisait un enfant ? lui dit-elle.

– Je crois savoir que nous avons chacun des problèmes. Ça risque d'être compliqué, répond-il en riant.

– Non, non, tu m'as mal comprise. Pas comme ça, l'enfant, dit Barbara en se frottant à lui. Comme ça, plutôt ! ajoute-t-elle en montrant une photo des jumeaux MacPherson sur la table de chevet. Tu saurais bien nous faire ça, Ian, un garçon, qui pourrait s'appeler Angus, par exemple... qui te ressemblerait en tout point, tu saurais le faire, non ?

Il la regarde, stupéfait.

– Oui, je saurais... Enfin, je crois, très bientôt...

Mais Blank, Maureen, les recherches, je n'ai pas le droit...

– Oublie-les. Sans toi, ils ne parviendront à rien. Ils sont totalement discrédités. Mais toi, tu vas y arriver.

Il s'allonge sur l'oreiller, songeur, les yeux vers la photo de son frère et de lui. L'amour fait des miracles, la science aussi.

Il n'y a plus grand monde à Paris en ces premiers jours d'août. Lestrade, congédié par sa maîtresse, se mure dans le silence. Yaël est partie au Cambodge. Arnaud et Eric s'envolent le lendemain pour la Grèce, sur l'île de leurs premières amours. Mais Barbara n'a plus le cœur solitaire. Elle chantonne comme elle le peut l'air du quadrille entendu au pub de Portree et dont elle a acheté le CD à l'aéroport d'Inverness. Le *Royal Guards Reel* a envahi son appartement désormais fièrement décoré d'un tartan, un grand carré aux couleurs des MacPherson. Et ce soir-là, bien sûr, elle s'est servi un peu du whisky offert par Ian.

Le téléphone sonne. Comme d'habitude, personne ne répond, juste une respiration. On raccroche. Elle appelle à son tour Jacques Lestrade sur son portable. Glaciale :

— Je voudrais que tu demandes à ta femme d'arrêter de téléphoner chez moi.

— Je sais bien, mais qu'y puis-je ?

— Tu lui as dit que c'est terminé ou quoi ?

— Je le lui ai dit, répond Lestrade. Mais ça n'est pas vrai.

— Quoi donc ?

— Pas vrai que c'est terminé, dit-il, la voix mal assurée. Je t'aime encore Barbara, tu le sais. Je t'aimerai toujours...

— Tu n'avais qu'à te décider plus tôt, conclut-elle, avant de raccrocher.

Elle se dirige vers la fenêtre, déplace légèrement le rideau ; l'Alfa Romeo est là, devant, garée, silencieuse...

Barbara, qui se sent désormais beaucoup plus forte, sort de son appartement puis de son immeuble alors que la conductrice de l'Alfa garde les yeux rivés sur les fenêtres du deuxième étage tout en allumant une cigarette. A la faveur de ce bref éclairage, Barbara découvre pour la première fois ce visage et son extraordinaire ressemblance avec le sien, plus jeune. Mais quelle expression douloureuse...

Elle se glisse derrière la voiture, la longe, puis brusquement ouvre la porte arrière. Elle s'installe derrière la conductrice qui ne bronche pas.

— Pourquoi faites-vous cela ? demande Barbara.

La femme ne semble pas avoir peur, ne se retourne pas.

– Vous pouvez être tranquille pour votre mari, poursuit la journaliste. Nous ne sommes plus ensemble. Il a choisi. Vous a choisie. Ça n'a jamais été très sérieux entre nous, d'ailleurs... C'est fini maintenant, il est à vous. Vous comprenez ? A vous, à vos enfants.

La nuque de la femme au volant tressaille légèrement. Elle se décide à parler d'une voix rauque :

– Ce n'est pas fini. Ce ne sera jamais fini.

– Mais, puisque je vous le dis, insiste Barbara.

– Lui, ça m'est égal, voilà longtemps que j'ai tiré un trait sur notre histoire, répond Madeleine, en se tournant vers Barbara. C'est le cycle naturel des amours fanées. Et je me doutais bien, il y a quinze ans, qu'en mettant les pieds dans votre monde de tentations notre Jacques ne résisterait pas. Je pensais même que cela viendrait plus tôt. Mais ce n'est plus le problème. Le problème, c'est vous.

– Moi ?

– C'est vous parce qu'en effet vous êtes très belle, mademoiselle. Vos parents peuvent être fiers de vous. J'avais tellement envie de vous voir de près, les yeux dans les yeux. Ça ne me fait pas si mal de les regarder, je m'en étais fait toute une histoire. Ils sont beaux et je ne vous crois pas déloyale, moins garce que je l'imaginais. Vous avez profité d'un homme faible.

J'espère simplement que vous lui en avez fait baver. Il le mérite parce que j'ai souffert. Je me sens tellement inutile aujourd'hui.

— Mais il vous reste vos enfants, madame... Moi je n'ai jamais rien construit de solide avec un homme. Je ne suis qu'un fruit sec, sans descendance.

— Oh, mes enfants... ils partent tous les uns après les autres, ils vont se marier comme tout le monde, sans savoir, les pauvres... Et puis il m'en manquera toujours un. C'était une fille et c'était la plus belle.

Lestrade n'avait jamais dit à Barbara qu'ils avaient perdu un enfant. Cette femme, soudainement, si digne dans la douleur, la touchait. Et elle, sa rivale, ne savait plus comment prendre congé. C'est Madeleine qui prit les devants :

— Vous permettez que je vous embrasse ? dit-elle, en se penchant par-dessus le dossier du siège.

Barbara se laissa faire, assaillie de remords. Elle ouvrit la portière et resta un long moment sur le trottoir, bien après le départ de la voiture verte...

Ce même soir, alors que minuit sonnait à l'église de San Vittorio et qu'Umberto Pozzi venait de réparer pour la centième fois la locomotive d'un vieux modèle de petit train allemand, le téléphone grésilla, ce qui n'arrivait jamais à cette heure. Etonné, il décrocha.

Au bout du fil, une hésitation, une voix de femme, grave :

– Umberto ?

Puis plus rien. Une respiration forte.

– Qui est là ? Qui est là ? demanda le père de Barbara...

Un instant, il eut peur que ce soit sa fille et qu'un accident lui soit arrivé. Mais personne ne répondit. Au bout d'une minute, la correspondante finit par raccrocher.

Barbara s'est allongée sur son sofa, très pâle. Arnaud la confesse.

— Raconte-moi comment ça s'est passé...

— Je venais à peine de rentrer d'Inverness...

Il cherche à lui changer les idées :

— Tu as pris ton temps pour rentrer, dis donc... Et comment va notre ami Ian ? Mieux certainement que son collègue Blank, en tout cas. Tu es au courant ? Sa société vient de faire banqueroute. Il risque la taule.

— Oui, je sais, répond Barbara dont l'esprit est ailleurs. Hübner l'a lâché après l'interview de sa femme dans le *Boston Globe*. Mais Ian m'a assuré que, de toute façon, cette histoire de clone, c'était du bidon pur, de l'esbroufe...

Elle s'interrompt en tressautant car le téléphone sonne à nouveau.

— Oh, je t'en supplie, Arnaud, va répondre, dis-lui

que tu es mon petit ami. Que je m'excuse pour le tort que j'ai pu lui causer. Mais demande-lui de m'oublier.

Arnaud décroche.

– C'est ton père, Barbara !

– Mon père, à minuit !

Elle prend le combiné.

– Papa, qu'est-ce qui se passe ?

Au bout du fil son père semble très troublé.

– Ecoute, Barbara. Je sais que je vais te paraître ridicule mais je crois qu'elle vient de m'appeler. Oui, elle...

– Mais qui, elle ?

– Elle... Madeleine-France, ta mère, quarante ans après...

Barbara se décompose. Elle a du mal à articuler, à calmer la fièvre de son père.

– Papa, c'est impossible. Repose-toi, je te rappelle tranquillement demain.

Epuisée par ces dernières péripéties, mais le cœur à cent à l'heure et l'esprit ébranlé, Barbara prend le somnifère que lui propose Arnaud et finit par s'écrouler de sommeil, à même le drap, fenêtres ouvertes, car il fait très chaud.

Au petit matin, un coup de sonnette la réveille en sursaut. A l'idée de se retrouver face à cette femme qui désormais lui renvoie sa honte, elle se réfugie sous son drap puis finit par oser aller regarder au judas. C'est Jacques, le visage ravagé. « Le mari maintenant, mon Dieu ! se dit-elle. Quelle famille... » Elle ouvre.

Lestrade n'est pas rasé. Il semble avoir bu, ce qui ne lui arrive jamais.

— Donne-moi encore une chance, supplie-t-il. Tout s'écroule autour de moi. Il ne me reste plus que le Paquebot. Je me connais, je vais m'abrutir de travail, m'endurcir, me détester, te détester, brûler tout ce que j'ai aimé avec toi.

— C'est fini, Jacques ! Et sans retour. Il y a un autre homme dans ma vie désormais. Les femmes ne font pas longtemps le grand écart, tu le sais bien.

On n'est pas comme vous. La page est tournée.
Détache-toi de moi.

— Je n'y arriverai jamais. Tu m'as révélé des horizons, tu as donné un sens à ma course, j'en ai assez de fuir...

— Allez... Tu as bien vécu plus de trente ans avec ta femme sans avoir l'impression d'être médiocre. Retourne avec elle, je viens de lui parler, elle a une belle âme.

— Là aussi, c'est trop tard. Elle est partie cette nuit pour l'Italie. Une lubie. C'est là-bas qu'on s'est rencontrés. Mais elle ne veut plus de moi. Elle veut retrouver son premier mari. Tu te rends compte, si longtemps après... Elle a décidé ça après t'avoir rencontrée hier soir et elle m'a même remis une lettre pour toi.

Il sort une enveloppe de sa veste : « Barbara Pozzi. Personnel ».

Et comme pour s'excuser :

— Je n'ai pas ouvert, bien sûr.

Barbara ouvre l'enveloppe. A l'intérieur, une photo, avec un court message au dos.

Elle regarde longuement la photo. Ses yeux se figent. Elle pâlit, se mord la lèvre inférieure pour contenir ses larmes.

— Elle est très belle, ta femme, murmure-t-elle d'une voix qui tremble.

Il n'entend pas, perdu dans ses abîmes.

Elle pose la photo sur la table du salon, entoure de ses bras les épaules de Jacques.

– Tu veux du café, peut-être ? Ça te fera du bien...

– Merci... C'était quoi la lettre ?

Barbara est déjà en chemin vers la cuisine. Elle se retourne.

– Un souvenir de famille. Une vieille photo... Moi, à un an, dans les bras de ma mère.

Un an plus tard...

Barbara dort profondément devant le poste de télévision qui débite ses images avec le son réglé au plus bas.

A ses côtés, la veillant, son père tient fièrement un bébé dans les bras. Il le tend à Madeleine-France, son unique amour. Aux pieds de Yaël, un petit garçon aux yeux bridés joue tout doucement avec une voiture miniature, au chevet de la journaliste. Arnaud et Eric entrent dans la chambre de la clinique, des fleurs à la main. Umberto leur fait signe que la jeune mère dort. Le bébé passe de mains en mains.

Sur le petit écran défile la suite du direct que regardait Barbara : le compte rendu d'une signature historique, la ratification par la Grande-Bretagne et la Suisse de l'accord sur l'interdiction du clonage humain. On y entend le professeur MacPherson, en duplex de Paris où il vit désormais, se féliciter sur Canal Première de la décision prise par son gouvernement. Il n'y aura donc jamais de clone humain, ainsi en a décidé le législateur... On disait pourtant le chercheur du Glasgow Research Institute sur le point d'aboutir.

— Le père de Polly a-t-il des regrets ? lui demande le journaliste.

— Aucun, répond Ian, souriant. L'essentiel a été fait.

Barbara s'est réveillée en entendant sa voix.

— Il a l'air content, le papa d'Angus, lui dit Umberto. Il me plaît bien, mon gendre.

Angus gazouille. Demain sa maman pourra joliment fêter ses quarante ans...

DU MÊME AUTEUR

Aux Éditions Albin Michel

LETTRES À L'ABSENTE, 1993.

LES LOUPS ET LA BERGERIE, 1994.

ELLE N'ÉTAIT PAS D'ICI, 1995.

ANTHOLOGIE DES PLUS BEAUX POÈMES D'AMOUR, 1995.

UN HÉROS DE PASSAGE, 1996.

UNE TRAHISON AMOUREUSE, 1997.

LETTRE OUVERTE AUX VIOLEURS DE VIE PRIVÉE, 1997.

LA FIN DU MONDE (avec Olivier Poivre d'Arvor), 1998.

PETIT HOMME, 1999.

L'IRRÉSOLU, Prix Interallié, 2000.

Chez d'autres éditeurs

MAI 68, MAI 79, Seghers, 1978.

LES ENFANTS DE L'AUBE, Lattès, 1982.

DEUX AMANTS, Lattès, 1984.

LE ROMAN DE VIRGINIE (avec Olivier Poivre d'Arvor), Balland, 1985.

LES DERNIERS TRAINS DE RÊVE, Le Chêne, 1986.

LA TRAVERSÉE DU MIROIR, Balland, 1986.

RENCONTRES, Lattès, 1987.

LES FEMMES DE MA VIE, Grasset, 1988.

L'HOMME D'IMAGE, Flammarion, 1992.

LES RATS DE GARDE (avec Éric Zemmour), Stock, 2000.

La composition de cet ouvrage
a été réalisée par I.G.S. Charente Photogravure,
à l'Isle-d'Espagnac
l'impression et le brochage ont été effectués
sur presse Cameron dans les ateliers
de Bussière Camedan Imprimeries
à Saint-Amand-Montrond (Cher),
pour le compte des Éditions Albin Michel.

Achevé d'imprimer en mai 2001.
N° d'édition : 19759. N° d'impression : 012396/4.
Dépôt légal : juin 2001.